BASTEI LÜBBE

FILM- und FERNSEH-BÜCHER aus dem
BASTEI-LÜBBE-Taschenbuchprogramm:

HORST FRIEDRICHS

JURASSIC PARK™

Das Jugendbuch zum Film
von Steven Spielberg
nach dem Drehbuch
von Michael Crichton und David Koepp

BASTEI
LÜBBE

BASTEI-LÜBBE-TASCHENBUCH
Band 13 542

Erste Auflage:
September 1993
Zweite Auflage:
September 1993
Dritte Auflage:
September 1993
Vierte Auflage:
Oktober 1993

Deutsche Lizenzausgabe 1993
by Bastei-Verlag Gustav H. Lübbe
GmbH & Co., Bergisch Gladbach
Originaltitel: Jurassic Park
Lektorat: Rainer Delfs
Titelfoto: Merchandising München,
Kardinal-Faulhaber-Straße
Umschlaggestaltung:
Satz: KCS GmbH,
Buchholz/Hamburg
Druck und Verarbeitung:
Brodard & Taupin, La Flèche,
Frankreich
Printed in France

ISBN 3-404-13542-3

Der Preis dieses Bandes
versteht sich einschließlich der
gesetzlichen Mehrwertsteuer.

1

Blauschwarz lag die Dunkelheit über dem Pazifischen Ozean. Kein Windhauch regte sich. Die Wasseroberfläche war glatt wie ein Spiegel der Finsternis. Ein Spiegel, der das bleifarbene Mondlicht und das Diamantenglitzern der Sterne reflektierte.

Die Insel war nicht mehr als ein Schatten in der Weite des Meeres.

Isla Nublar, hundertzwanzig Meilen westlich von Costa Rica gelegen.

Eine jener unbewohnten Inseln, von denen die Menschen in Mittelamerika noch heute schaurige Geschichten zu erzählen wußten. Jahrhundertealte Legenden über Piraten, die dort draußen ihr Unwesen getrieben haben. Schilderungen jener Zeit, in der unter den Seefahrern das Grauen umgegangen war. Ihre Angst vor den blutrünstigen Freibeutern war größer gewesen als die Angst vor den Bestien des Dschungels.

Von weitem gesehen war dieser Schatten namens Isla Nublar genauso ein trostloses Eiland wie all die anderen, auf die sich heutzutage kaum noch ein Mensch verirrte. Auch suchte niemand mehr nach vergrabenen Piratenschätzen. Die Zeiten waren längst vorbei.

Es brachen Zeiten an, die ein neues Grauen hervorbringen sollten.

Nur ganz wenige Menschen hatten bis jetzt davon erfahren.

Einen hatte das Schicksal für diesen Abend vorgesehen, unerbittlich und grausam. Wie die anderen, verdrängte er jede böse Ahnung oder auch nur Besorgnis. Es gab keine Gefahr, redeten sie sich ein. Sie glaubten an die Technik und an die Vorkehrungen, mit denen sie alles im Griff hatten.

Es geschah auf der Insel Nublar.

Es geschah bei einer Aktion, die bis ins kleinste geplant war.

Die Beteiligten hatten alle nur erdenklichen Sicherheitsvorkehrungen getroffen. Nur eines ließ sich nicht einkalkulieren.

Das Unbekannte.

Es war das Unbekannte, dessen Wesensart nicht aus der Gegenwart stammte, sondern aus dem Grau einer unvorstellbar fernen Vergangenheit. Aus einer Welt, die vor mehr als fünfundsechzig Millionen Jahren existiert hatte.

Die Lattenkiste, aus starkem Holz gezimmert, wurde langsam und vorsichtig aus der Dunkelheit herabgesenkt.

Tragbare Scheinwerfer flammten auf, starke Stablampen. Die Lichtkegel bündelten sich zu gleißender Helligkeit, erfaßten den Mittelpunkt des Geschehens wie Spotlights die Schauspieler auf einer Theaterbühne. Männer mit Gewehren standen bereit. Die Lattenkiste hing an Seilen, die unter der schweren Last so straff gespannt waren, als würden sie jeden Moment reißen. Hoch oben liefen die Seile über einem Kranhaken zusammen.

Eine Plane über der Lattenkiste bewegte sich heftig klatschend.

Mit einem dumpfen Laut setzte die Kiste auf dem Dschungelboden auf.

Sekundenlang herrschte Stille.

Die Männer standen regungslos, wie ergriffen.

Die Seile senkten sich, fielen wie tote Schlangen auf den hölzernen Käfig.

Im nächsten Moment setzte ein ohrenbetäubendes Dröhnen ein. Die Erde unter dem dichten Pflanzenwuchs schien zu erbeben. Ja, es war sogar, als würden die Baumstämme mit ihren mächtigen Kronen erzittern.

Die Köpfe der Männer ruckten herum.

Das Dröhnen näherte sich rasch. Das Geräusch von Panzerketten begleitete es jetzt. Doch es war kein Kettenfahrzeug der Armee, das da brüllend aus dem Dickicht hervorbrach.

Ein Bulldozer.

Das stählerne Ungetüm senkte seinen Schild bis in Bodenhöhe, und der Fahrer steuerte es an die Kiste heran. Die Drehzahl der bärenstarken Dieselmaschine fiel bis zum Leerlauf ab. Gleich darauf aber brüllte der Dozer von neuem los und schob die Kiste vor sich her. Das Getöse der Maschine übertönte jeden anderen Laut.

Und doch waren die Männer sicher, daß sich da längst etwas rührte – unter der Plane und unter dem starken Lattenholz. Es mußte schon lange erwacht sein, und jetzt, durch das Gerüttel auf dem Dschungelboden und durch den Lärm der Planierraupe, mußte es richtig rebellisch werden. Gereizt. Wütend. Blutgierig.

Aber die Sicherheitsvorkehrungen waren perfekt.

Jeder sagte sich das zur Beruhigung.

Die Lichtkegel folgten der Kiste und erfaßten den hoch aufragenden Zaun des Geheges. Dichter Dschungel verwehrte jeden weiteren Blick ins Innere des Geheges. Ein Wachturm überragte die Einzäunung in einiger Entfernung. Es war wie der Anblick eines Gefängnisses, eines Außenlagers für besonders gefährliche Sträflinge. Die Vegetation jenseits des Zauns glich einer undurchdringlichen grünen Wand. Feine graue Schwaden stiegen auf. Das Dickicht dampfte.

In der Einfriedung öffnete sich ein Tor. Automatisch.

Die entstehende Öffnung hatte exakt die Größe der Lattenkiste.

Der Bulldozer-Fahrer steuerte die Kiste zielsicher. Auf den Zentimeter genau stieß das Holz an die Öffnung im Zaun. Die Berührung ließ eine Kette von Warnlampen auf der Oberkante des Zauns aufflammen. Als der Fahrer die Drehzahl des Diesels zurücknahm, war es plötzlich zu hören:

Ein Grollen aus dem Inneren des Holzkäfigs.

Und harte, schnappende Geräusche.

Zugleich schaukelte und schwankte die Kiste unter heftigen Stößen.

Die Männer erstarrten.

Einige zogen unwillkürlich den Kopf zwischen die Schultern, als müßten sie sich vor einer unausgesprochenen Bedrohung ducken.

Ihr Vorgesetzter, Robert Muldoon, war ein kraftvoller, breitschultriger Mann. Die harten Linien seines Gesichts spiegelten grimmige Entschlossenheit. Mit knappen Handzeichen erteilte er einen Befehl.

Der Mitarbeiter, den er angesprochen hatte, schwang sich auf die Oberseite der Kiste. Das Scheinwerferlicht richtete sich auf die Zaunseite, auf die Toröffnung, in der das bewegliche Gatter der Kiste zu stehen gekommen war.

Die Männer luden die Karabiner und Betäubungsgewehre durch.

Das verursachte ein Stakkato von metallischen Geräuschen.

Doch das grollende Wesen unter dem Lattenholz ließ sich davon nicht beeindrucken.

Der Mann auf der Kiste packte zwei Griffe, mit denen sich das Gatter hochziehen ließ. Es knarrte, als er es langsam anhob. Er schaffte es bis auf halbe Höhe. Dann, unvermittelt, blieb das Gatter stecken. Der Mann zerrte daran, bot seine ganze Kraft auf. Im Scheinwerferlicht war sein schweißnasses Gesicht zu sehen, sein wachsendes Unbehagen.

Und plötzlich geschah alles auf einmal.

Ein Brüllen wie von Urgewalt erhob sich aus der Kiste.

Das Gatter wurde hochgeschmettert. Dem Mann riß es die Griffe aus der Hand.

Die Holzkante schlug ihm vor die Brust und schleuderte ihn von dem Lattenverschlag herunter. Er schrie im Fallen. Sein Schrei brach ab, als er auf den Boden prallte.

Alles geschah auf einmal.

Die Lattenkiste ruckte und schwankte stärker, rutschte ein Stück von der Toröffnung weg. Fast einen halben Meter weit gähnte die Lücke zwischen Lattenrand und Torpfosten. Wieder erscholl das Brüllen aus dem Verschlag – rauh und wild. Warnlampen auf der Kiste flammten auf. Ein Alarmton schnarrte laut und krächzend.

Die Männer rissen ihre Waffen hoch.

Der am Boden Liegende schrie wieder.

Er wollte aufspringen, die Flucht ergreifen.

Eine Klaue zuckte aus der Kiste hervor.

Blitzschnell.

Die Klaue stieß durch die Öffnung zwischen Lattenholz und Zauntor und erwischte den Schreienden am Fußgelenk, grub sich hinein.

Der Mann kreischte vor Schmerz und Entsetzen. Seine Stimme schrillte.

Das Grollen in der Kiste nahm einen zufriedenen, fast schon satten Ton an.

Verzweifelt versuchte der Mann, sich im Boden festzukrallen, sich loszureißen und doch noch zu entkommen.

Das Ungeheuer war stärker.

Die Hände des Opfers zogen Furchen in den Boden, vermochten der gewaltigen Kraft jedoch nichts entgegenzusetzen. Todesangst trieb die Stimme des Mannes zum Diskant. Das Schrillen überschlug sich. Immer satter klang der Triumph aus dem Grollen des Ungeheuers.

Erst jetzt überwanden die anderen ihre Schrecksekunde.

»Feuer!« brüllte Muldoon. »Feuer! Feuer! Schießt endlich, verdammt noch mal!«

Endlich zuckten Mündungsblitze auf. Wie mit Leuchtspuren rasten die Geschosse aus den Gewehrläufen. Die Schüsse hämmerten wie eine MG-Salve, verursachten einen harten, nachhallenden Donnerschlag, der durch den Dschungel rollte.

Aber der Mann war bereits in der Kiste verschwunden.

Es war eine mühsame Arbeit unter der Sonnenglut. Die Geräusche von Spitzhacken und Schaufeln hingen in der flirrenden Luft. Auf dem felsigen Berghang schufteten Dutzende von Minenarbeitern. Ihre Oberkörper waren nackt und schweißnaß. Immer dann, wenn sie etwas entdeckten, gruben sie mit feineren Werkzeugen und schließlich mit den bloßen Händen weiter.

Denn was hier zutage gefördert wurde, war zu empfindlich und zu wertvoll, um es mit Dynamit und Preßlufthämmern freizulegen.

Bernstein.

Die Mine hieß Mano de Dios* und befand sich in der Dominikanischen Republik.

Zwei Männer hatten sich auf dem Hügel zu einem Gespräch getroffen.

Juan Rostagno war Costa Ricaner, um die Dreißig. Er war Vorarbeiter, trug die gleiche Arbeitskleidung wie seine Untergebenen. Schlank und dunkelhaarig, mit einem hellwachen Gesichtsausdruck, machte er jedoch einen überlegenen Eindruck. Ein Mann, der seinen Posten zu recht innehatte.

Donald Gennaro war Anwalt, vierzig Jahre alt, ein verweichlicht wirkender Schönling mit Hundert-Dollar-Haarschnitt. Seine Klamotten sahen so aus, wie sich ein Großstädter die Klamotten eines Tramps vorstellte.

»Was soll ich davon halten, Rostagno?« sagte Gennaro ärgerlich. »Die Familie des verletzten Arbeiters wird uns mit einer Schadensersatz-Forderung von zwanzig Millionen Dollar kommen, und Hammond hat es nicht mal nötig, mich zu empfangen!«

»Er läßt sich entschuldigen«, antwortete Rostagno. »Er mußte früh aufbrechen. Seine Tochter braucht ihn. Sie läßt sich scheiden.«

Gennaro knurrte unwillig. »Wir wären gut beraten, wenn wir uns *jetzt* mit der Sache befassen würden. Die Versicherungsgesellschaft meint ...«

Ein lauter Ruf unterbrach das Gespräch der beiden Männer.

»Mosquito!«

Ein Arbeiter rannte auf sie zu. Atemlos, keuchend blieb er vor ihnen stehen, sah Gennaro an. *»Mosquito!*

* Hand Gottes

Encontramos otro! – Moskito! Wir haben *noch* einen gefunden!«

»*Muestrame!*« antwortete Rostagno knapp. »Zeig ihn mir!«

Der Arbeiter nickte eifrig, drehte sich um und kletterte sofort wieder den Hang hinauf. Rostagno folgte ihm, wandte nur kurz den Kopf und klärte Gennaro über den neuen Fund auf. Der Anwalt verstand kein Spanisch. Er setzte sich in Bewegung, mußte sich mächtig anstrengen, um mit Rostagno und dem Arbeiter mitzuhalten. Auch andere Mineros hasteten jetzt auf die Höhle zu, in der der Fund gemacht worden war. Und zugleich pflanzte sich der aufgeregte Ruf über den ganzen Berghang fort:

»Moskito! Moskito!«

Unterdessen folgten Rostagno und Gennaro dem Arbeiter bereits in die dunkle Höhle. Ihre Schritte hallten wider. Das Licht der Taschenlampen glitt über den Fels, der vor Nässe glitzerte. Tropfen fielen klatschend zu Boden. Weiter hinten standen etwa zehn Männer in einem dichtgedrängten Kreis. Sie starrten auf das, was sich im Mittelpunkt ihres Kreises befand.

Gennaro nahm seinen Faden wieder auf, wo er unterbrochen worden war. »Es ist so . . .«, rief er, laut genug, um die Schritte zu übertönen, ». . . daß die Gesellschafter der Versicherung sich große Sorgen machen. Sie glauben, daß der Unfall sehr schwerwiegende Fragen über die Sicherheit des Parks aufwirft. Und das wiederum macht die Investoren sehr besorgt. Ich mußte ihnen versprechen, daß wir eine gründliche Untersuchung durchführen.«

»Hammond haßt Untersuchungen«, erwiderte Rostagno. »Sie verzögern alles.«

Er bahnte sich seinen Weg ins Zentrum der Gruppe.

Das Gemurmel verstummte. Ein Arbeiter übergab ihm etwas, und Rostagno untersuchte es sorgfältig.

Es war ein Stück Bernstein.

Ein schimmernder gelber Brocken, ungefähr von der Größe einer Halb-Dollar-Münze.

»Ja, nun . . .«, sagte Gennaro gedehnt, »wenn sein Finanzierungsplan in die Binsen geht, wird ihm das eine ganze Menge mehr Verzögerungen einbringen. Wenn zwei Experten ihr schriftliches Okay für die Insel geben, werden die Versicherungsleute zufrieden sein. Ich habe bereits Ian Malcolm rangekriegt, aber der Junge riecht ihnen zu sehr nach Mitläufer. Sie wollen Alan Grant.«

»Grant?« echote Rostagno. »Den kriegen Sie niemals aus Montana weg!«

»Warum nicht?«

»Weil er genauso ist wie ich. Er ist ein Goldgräber.« Rostagnos abwesende Miene zeigte an, daß er kein Interesse hatte, das Gespräch fortzusetzen. Seine ganze Aufmerksamkeit galt dem Stück Bernstein, das gerade vor ein paar Minuten aus dem Fels gebrochen worden war.

Rostagno hielt es ins Licht und lächelte.

Eine Stechmücke war in dem durchsichtigen Gelb eingeschlossen.

Eine sehr große Stechmücke.

Ein Moskito, der seit vielen Millionen Jahren tot war.

»Perfekt!« murmelte Rostagno begeistert.

Sand und Gestein des Ödlands von Montana erglühten unter der Sonne. Flirrend stand die Luft über dem kargen Boden. Die Ausgrabungsstätten waren in Sektionen aufgeteilt. Deren Kanten sahen aus wie mit dem Lineal gezogen und von einem riesigen scharfen Kuchenmesser geschnitten.

Die verschiedenen Gruben in dem bröckeligen Kalkstein erstreckten sich über Meilen. Nirgendwo war auch nur ein Baum oder ein Strauch zu sehen.

Es gab ein Camp mit sechs Tipis und einem Messezelt. Ein paar Limousinen und ein Wohnmobil parkten am Rand des Lagers. Außerdem ein Tieflader. Freiwillige aller Altersgruppen arbeiteten an verschiedenen Stellen der Ausgrabung. Einige der Freiwilligen hatten ihre Kinder mitgebracht. Die Mädchen und Jungen tollten umher, als befänden sie sich in einer großen Sandkiste.

Dr. Alan Grant und seine Partnerin und Freundin Dr. Ellie Sattler kauerten über einem Abschnitt von etwas mehr als einem halben Quadratmeter Größe. Die weißlichen Rundungen, die aus dem Boden lugten, beanspruchten die ganze Aufmerksamkeit der beiden Wissenschaftler.

Die freigelegten Fossilien stammten von Sauriern.

Mit weichen Malerpinseln befreiten Dr. Grant und Dr. Sattler die versteinerten Knochen von letzten Staubresten und Sandkörnern.

Dr. Alan Grant war Paläontologe*, Mitte Dreißig. Ein Mann, der auf sein Äußeres wenig Wert legte. Stoppelbärtig und in abgetragener Kleidung, sah er an diesem Tag aus wie an jedem anderen Tag. Sein ganzes Interesse galt seiner Arbeit. Selten fand etwas anderes Platz in seinem Leben. Er war imstande, sich der Ausgrabung mit solcher Konzentration zu widmen, daß

* Wissenschaftler, der sich mit den Lebewesen vergangener Erdperioden befaßt

schon sein Gesichtsausdruck reichte, um jeden davon abzuhalten, ihn zu stören.

Nichts schien indessen seine Partnerin davon abzuhalten, ihn zu lieben. Er selbst wollte das aber wohl am allerwenigsten zur Kenntnis nehmen. Dabei merkte jeder, der die beiden kannte, wie sehr sie füreinander geschaffen waren.

Dr. Ellie Sattler war Paläobotanikerin*. Ende Zwanzig, blond und mit einem durchtrainierten Körper ausgestattet, war sie ehrgeizig und ungeduldig. Nichts im Leben schien ihr schnell genug zu gehen. Immer machte sie den Eindruck, nicht genug von dem erledigt zu haben, was sie eigentlich hätte erledigen *können*.

»Vier vollständige Skelette . . .«, murmelte Dr. Grant, ». . . auf so einer kleinen Fläche – und mit demselben Zeithorizont . . .« Er untersuchte eine Knochensektion, Teil einer Klaue, die vom Hauptteil des Skeletts abgebröckelt war.

»Dann sind alle vier zusammen gestorben?« Ellie hatte den Kopf gehoben.

Alan nickte.

»So, wie sie begraben liegen, sollte man das durchaus annehmen.«

»Wenn sie zusammen gestorben sind, dann haben sie auch zusammen gelebt. Das läßt doch vermuten, daß sie eine Art Sozialordnung gekannt haben.«

»Sie jagten im Team. Die zerlegten Tenontosaurus-Knochen da drüben . . .«, Alan wies auf eine Grabungsstelle in der Nähe, ». . . sind die Überreste ihres Mittagessens. Aber woran sind unsere Raptoren gestorben? Warum hier, im Bett eines Sees? Und warum blieben sie in einer Gruppe zusammen, als das Ende

* Erforscherin der fossilen Pflanzen

kam? Wir sollten uns langsam mal eine Begründung einfallen lassen, die einen Sinn ergibt.«

»Vielleicht gab es eine Trockenheit«, schlug Ellie vor. »Eine monatelange Dürreperiode. Der See schrumpfte, und . . .«

»Das ist es!« unterbrach Alan sie aufgeregt. »Das ist gut! Sie verdursteten rings um eine ausgetrocknete Pfütze! Und sie haben nicht mehr gegeneinander gekämpft, weil sie dazu gar keine Kraft mehr hatten! Ja, das hört sich gut an!«

Vom Fuß des Hügels erscholl eine Stimme. Es war einer der Freiwilligen.

»Dr. Grant! Dr. Sattler! Wir sind soweit! Wir können es noch mal versuchen!«

Alan setzte sich seufzend auf. Er reckte sich. Geistesabwesend steckte er die fossile Klaue in die Tasche. Er half Ellie auf die Beine, und gemeinsam gingen sie den Hügel hinunter. Er verzog das Gesicht, als er das Camp und die herumrennenden Kinder sah. Das Lager hatte für ihn etwas Zirkusmäßiges, und Kinder konnte er sowieso nicht leiden. Das einzige, was ihm gefiel, waren die eingepackten Saurierknochen, die zum Abtransport bereit auf dem Tieflader lagen. Das war ein Ergebnis. Ein Ergebnis der langwierigen Arbeit, die man hier leistete.

Der Freiwillige, der sie gerufen hatte, schloß sich ihnen für den Rest des kurzen Wegs an. Alan Grant runzelte unwillig die Stirn, als er einen Jungen erblickte, der am Rand einer Ausgrabungsstelle stand und fortwährend mit dem Fuß in den weichen Boden kickte. Es schien ihm ausgesprochenen Spaß zu bereiten, auf diese Weise Dreck in die Grube zu schaufeln.

»Was, zum Teufel, macht dieser Bengel da?« entfuhr es Alan. Er ruckte herum, schrie den Jungen an: »Was machst du da? Was fällt dir ein! Die Sachen in der Grube sind sehr empfindlich! Du bist wohl verrückt geworden! Verschwinde! Lauf gefälligst zu deinen Eltern!« Immer noch außer sich, wandte er sich an Ellie. »Hast du gesehen, was dieser unverschämte kleine Kerl sich da gerade geleistet hat?«

Sie antwortete nicht. Seine Abneigung gegen Kinder war ihr einziger Kummer. Denn obwohl sie ihren Beruf liebte, wollte sie gern heiraten und Kinder haben.

Der Junge verzog sich, nicht ohne ein vernehmliches »Arschloch!« in Dr. Grants Richtung gerufen zu haben.

Grant sah Ellie an. »Warum müssen die auch ihre Kinder mitbringen?«

»Du könntest deine Helfer einstellen und bezahlen«, entgegnete sie geduldig. »Aber die Arbeit hier dauert vier Sommerferien. Das Geld, das wir zur Verfügung haben, würde dagegen nur für einmal Sommerferien reichen. Außerdem sagst du, es sei eine Lernerfahrung, die wir den Leuten hier bieten, verbunden mit Urlaub. Also kriegst du zwangsläufig Freiwillige, die ihre Kinder mitbringen. Du kannst es den Leuten schließlich nicht verbieten.«

Sie betraten das größere Zelt. Mehrere Freiwillige umringten einen Computer, der auf einem Tisch stand. Der Computer summte. Die offenen Eingangsplanen des Zelts klatschten hin und her. Trotzdem war es drinnen stickig heiß.

»Fertig zum Schuß, Jerry?« wandte sich Alan an den Mann, der sie hergeholt hatte.

Jerry nickte.

Als Alan und Ellie sich dem Computer näherten, machten die anderen bereitwillig Platz. Ein kleines Mädchen versuchte ungeniert, sich in den Vordergrund zu drängen. Ellie sah den Unwillen in Alans Gesicht. Rasch nahm sie die Kleine bei der Schulter.

»Möchtest du den Computer ansehen?« fragte die Wissenschaftlerin fürsorglich, und als die Kleine eifrig nickte, schob sie sie ein Stück zur Seite, so daß sie immer noch sehen konnte, aber aus Grants Weg war.

Ellie wußte, daß Grant auch Computer nicht leiden konnte. Vielleicht konnte er sie noch weniger leiden als Kinder. Was hatten Computer und Kinder gemeinsam, daß es ihn so sehr störte? Die Unverblümtheit? Die Direktheit? Ellie hatte bis heute keine schlüssige Antwort gefunden.

»Schußgerät fertig?« rief einer der Freiwilligen.

»Fertig!« antwortete der, der es bediente.

»Feuer!«

Der Mann am Gerät betätigte einen Schalter. Das ganze Ding machte einen Satz, als es ein weiches Blei-Pellet mit ungeheurer Wucht in die Erde trieb. Ein dumpfer Laut war zu hören, wie ferner Donner. Der Erdboden schien zu vibrieren, und alle Augen richteten sich auf den Bildschirm.

»Wie lange dauert das Ganze?« erkundigte sich Ellie.

»Wenn es klappt, müßte es sofort losgehen«, erklärte der Freiwillige am Keyboard. »Man schießt das Radar-Pellet in den Boden, der Knochen reflektiert . . .« Er unterbrach sich, denn jetzt tat sich etwas auf dem Bildschirm.

Gelbe Konturenlinien entstanden.

Die Zuschauenden hielten den Atem an.

Die gelben Linien flossen in Wellen, beruhigten sich jedoch rasch.

Und formten das Skelett eines Dinosauriers.

Die Freiwilligen stießen begeisterte Rufe aus, klatschten Beifall.

»Dieses neue Programm ist unglaublich!« rief der Mann am Computer-Keyboard. »Noch ein paar Jahre Entwicklungsarbeit, und Sie brauchen überhaupt nicht mehr zu graben!«

Grants Miene verriet, daß er sich angegriffen fühlte. »Ich weiß nicht, was daran witzig sein soll«, knurrte er.

Irritiert wandte sich der andere wieder dem Bildschirm zu. »Es sieht ein bißchen verzerrt aus«, meinte er, »aber das liegt nicht am Computer.«

Ellie schüttelte den Kopf. »Nein. Das ist eindeutig postmortale Kontraktion der hinteren Nackenwirbel-Bänder.« Sie wandte sich an Grant. »Ein Velociraptor?«

»Ja«, bestätigte der Paläontologe. »Und noch dazu in guter Verfassung. Der Bursche war fünf bis sechs Fuß groß. Seine Länge schätze ich auf neun Fuß. Und sieh mal hier ...« Er zeigte auf einen Teil des Skeletts.

Als sein Finger den Bildschirm berührte, gab der Computer einen Pfeifton von sich, und das Bild veränderte sich. Erschrocken zog Grant die Hand zurück.

»Was machen Sie denn da!« beschwerte sich der Keyboard-Bediener

»Er hat den Schirm berührt«, sagte Ellie schmunzelnd. »Dr. Grant ist nicht kompatibel zu dem Gerät.«

»Diese Kisten haben es auf mich abgesehen«, bemerkte Alan trocken.

Der Bediener lachte und berührte den Bildschirm an einer anderen Stelle. Das ursprüngliche Bild flammte wieder auf. Grant fuhr mit seinen Erklärungen fort, aber diesmal kam er dem Schirm nicht so nahe. »Sieh dir diesen halbmondförmigen Knochen am Vorderlaufgelenk an. Kein Wunder, daß diese Burschen das Fliegen lernten.«

Die Umstehenden lachten.

Grant blickte erstaunt in die Runde.

»Jetzt mal ernsthaft!« sagte er. »Hebt die Hände. Wie viele von euch haben überhaupt mein Buch gelesen?«

Das Gelächter endete abrupt. Alle wichen dem Blick des Wissenschaftlers aus. Nur Ellie hob die Hand. Und der Mann am Keyboard.

Grant seufzte.

»Möglicherweise...«, dozierte er, »haben die Dinosaurier mit den Vögeln unserer Zeit mehr gemeinsam als mit den Reptilien. Man braucht sich nur das Schambein anzusehen – hier. Es ist nach hinten gedreht, wie bei einem Vogel. Und die Wirbelsäule – voller Hohlräume und Luftsäcke, genau wie bei den Vögeln. Sogar das Wort ›Raptor‹ – aus Velociraptor – bedeutet ›Raubvogel‹.«

Ein Junge schob sich nach vorn und betrachtete das Computer-Skelett. »Vor dem würde ich aber keine Angst kriegen«, behauptete der Kleine großspurig. »Der sieht ja bloß aus wie ein sechs Fuß großer Truthahn!«

Niemand lachte. Alle hielten unwillkürlich die Luft an und wichen von dem Jungen weg, als müßten sie demonstrieren, daß sie für seine komischen Scherze nun weiß Gott kein Verständnis hatten.

Grant musterte den vorlauten Burschen von Kopf bis Fuß, als handelte es sich bei ihm um ein außerirdisches Wesen, das soeben einem UFO entstiegen war.

Doch überraschenderweise ging Grant auf den Kleinen zu und legte ihm den Arm um die Schultern. »Jetzt wollen wir mal versuchen, uns ins mittlere Erdmittelalter zu versetzen. Das ist der Zeitabschnitt des Jura. Die jurassische Periode...«

Ellie verdrehte die Augen.

»Na, dann wollen wir mal wieder«, kommentierte sie mit Duldermiene.

Alan Grant ließ sich nicht beirren. »Das erste

Mal ...«, erklärte er dem Jungen, »... kriegst du den sechs Fuß großen Truthahn zu sehen, wenn du die Waldlichtung erreichst. Aber der Raptor weiß schon lange, daß du da bist. Er bewegt sich wie ein Vogel, sehr leichtfüßig, und er macht nickende Kopfbewegungen dabei. Und du stehst still und rührst dich nicht auf deiner Lichtung, weil du denkst, daß sein visuelles Wahrnehmungsvermögen vielleicht auf Bewegungen beruht, wie bei einem Tyrannosaurus rex. Also denkst du, daß er dich vielleicht aus den Augen verliert, wenn du dich nicht bewegst. Aber das läuft nicht. Nicht beim Velociraptor. Du starrst ihn an, und er starrt zurück ...«

Die Augen des Jungen wurden immer größer.

»Genau das ist der Moment des Angriffs«, fuhr Grant fort. »Aber der Angriff kommt nicht von vorn – o nein! –, sondern von der Seite. Und zwar von den beiden anderen Raptoren, von denen du noch nicht mal weißt, daß sie überhaupt da sind!«

Er nahm den Arm von der Schulter des Jungen und trat vor ihn hin.

Der Junge wagte kaum zu atmen.

Auch die anderen konnten den Wissenschaftler nur ansehen. Keiner brachte eine Silbe hervor.

»Der Velociraptor jagt im Rudel«, erzählte Grant weiter. »Er setzt Angriffsmethoden ein, die die Rudelmitglieder aufeinander abgestimmt haben. Und an diesem Tag ist er klar in der Übermacht. Hiermit geht er auf dich los ...« Er nahm die Klaue aus der Tasche und hielt sie vor den dreizehigen Fuß des Bildschirm-Raptors. »Eine fünfzehn Zentimeter lange einziehbare Klaue, scharf wie eine Rasierklinge, die an der mittleren Zehe sitzt. Der Raptor macht sich nicht die Mühe, dir die Kehle und die Halsschlagader durchzubeißen, wie es ein Löwe tun würde. Nein, der Raptor schlitzt dich einfach hier auf – und hier...« Er zeigte auf die Brust und auf die Oberschenkel des Jungen. »Oder vielleicht schlitzt er dir auch den Bauch auf, daß deine Gedärme herausquellen. Der Punkt ist: Du bist noch am Leben, wenn sie anfangen, dich zu fressen. Die ganze Sache hat ungefähr vier Sekunden gedauert, wenn sie mit dir fertig sind.«

Der Junge zitterte vor Angst. Er war nahe davor, in Tränen auszubrechen.

»Also«, sagte Grant bissig, »versuche, in Zukunft ein bißchen Respekt zu zeigen.«

Ohne ein weiteres Wort stapfte er aus dem Zelt, durchquerte das Camp und kehrte zu seinem Skelett zurück.

Ellie beeilte sich, zu ihm aufzuschließen. »Weißt du«, rief sie vorwurfsvoll, »wenn du dem armen Kleinen nur Angst einjagen wolltest, hättest du ebensogut eine geladene Waffe auf ihn anlegen können!«

»Ja, ich weiß«, brummte Alan. »Und du weißt, wie Kinder sind. Willst du wirklich eins von der Sorte haben?«

»Nicht gerade *eines von der Sorte*, wie du es nennst. Nun, aber in mancher Hinsicht könnte ein Kind eine gute Sache sein. Was paßt dir nicht an Kindern?«

»Mein Gott, Ellie, das mußt du doch begreifen! Sie sind laut, sie machen Unordnung, sie sind klebrig, und sie sind teuer!«

»Billige Argumente«, konterte Ellie kopfschüttelnd.

»Sie riechen«, setzte er noch eins drauf.

»O mein Gott! Das tun sie nicht! Sie riechen nicht!«

»Und sie riechen *doch*! Einige von ihnen haben diesen entsetzlichen Baby-Geruch.«

»Okay«, nickte Ellie geduldig. »Dem Kleinen im Flugzeug war gerade ein Malheur passiert. Aber normalerweise riechen Babys nicht.«

»Sie wissen verdammt wenig über die jurassische Periode. Und über die Kreidezeit wissen sie noch viel weniger.«

»Über was?«

»Über die Kreidezeit.«

»Fällt dir noch was ein, du altes Fossil?«

»Ja. Eine Menge. Einige von ihnen können nicht laufen.«

Ellie ächzte. »Daß ich dich liebe, bedrückt mich so sehr, daß ich dich auf der Stelle erwürgen muß!« Sie nahm ihm den Hut ab und schlang ihm die Arme um den Hals, als wollte sie ihn wahrhaftig erdrücken.

Sie küßten sich.

Plötzlich kam ein seltsamer Wind auf.

Alan und Ellie lösten sich voneinander, sahen sich verdutzt um.

Der Wind wurde stärker, wirbelte Sand und Erde auf und bedeckte vieles von dem, was sie so mühevoll ausgegraben hatten. Etliche von den Schutzplanen wurden weggeblasen.

Ein donnerndes Geräusch mischte sich in das Rauschen des Windes. Dann ein rasend schnelles Klatschen. Das Singen einer Turbine.

Das Wissenschaftler-Paar hob die Köpfe.

Ein großer Hubschrauber schwebte auf das Camp herab.

Ellie lief den Hang hinunter. »Holt Planen!« schrie sie den Freiwilligen zu, um den Lärm zu übertönen. »Deckt alles zu, was freiliegt!«

Grant war schon damit beschäftigt, zu retten, was zu retten war. Verzweifelt versuchte er, das Skelett zu schützen, das er ausgegraben hatte. Zwischendurch hielt er inne und schüttelte die Faust zum Hubschrauber hin.

»Verrückter Bastard!« brüllte er.

Die Maschine landete beim Lager.

Als Grant den Berg herunterkam, zürnend wie Moses vor seinem Volk, war der Pilot bereits aus dem Cockpit geklettert. Die Rotorblätter kreisten noch immer. Wild gestikulierend bedeutete Grant ihm, die Maschine abzustellen.

»Wer ist für diesen Schwachsinn verantwortlich?« brüllte er. »Wo stecken diese Mistkerle?«

Der Pilot sah eingeschüchtert aus. Er zeigte auf das Wohnmobil.

Grant lief hinüber und trat ein.

Das Wohnmobil diente als Büro der Ausgrabungsstätte. Lange Holztische waren aufgebaut. Knochenfragmente bedeckten die Tische, jedes einzelne Teil mit Anhängern und Etiketten versehen. Weiter hinten standen Schalen und Töpfe aus Keramik, in denen Knochen in Säure und Essig getränkt wurden.

Am anderen Ende des Wohnmobils standen alte, staubige Möbel und ein Kühlschrank.

Grant prallte zurück.

Ungläubig starrte er auf das Bild, das sich ihm bot.

Der Mann hatte den Kühlschrank geöffnet und durchstöberte ihn, den Rücken zu Grant gewandt. Das mißbilligende Gemurmel des Fremden galt offensichtlich dem Inhalt des Kühlschranks – Bier größtenteils. Doch zu guter Letzt entdeckte er eine Flasche teuren Champagner.

»Aha!« sagte er zufrieden und nahm die Flasche heraus. Nach schnellen, geschickten Handgriffen ploppte der Korken in die Luft. Mit hell klackernden Geräuschen landete das Plastikteil irgendwo zwischen den Möbeln. Den Rücken noch immer zur Tür gewandt, trank er einen langen und ausgiebigen Schluck –

direkt aus der Flasche. Und mit einem wohligen Laut ließ er sie sinken. Um sie gleich darauf erneut anzusetzen.

Grant platzte der Kragen.

»He!« rief er. »Was fällt Ihnen ein! Das ist teurer Champagner! Den haben wir aufgehoben – für besondere Anlässe!«

Der Mann drehte sich um, die Flasche noch am Hals. Er schluckte hinunter, setzte die Flasche ab und wischte sich mit dem Jackenärmel über den Mund.

Er war um die Siebzig, weißhaarig, vollbärtig, und er trug eine randlose Brille. In seinen hellen Augen tanzten tausend unternehmungslustige Kobolde. Sie verliehen ihm das Aussehen eines Mannes, der nie wirklich alt geworden war. Und diese strahlende, umwerfende Überzeugungskraft in seinen Augen hatte noch jeden mitzureißen vermocht – selbst den verknöchertsten Beamten irgendeiner Genehmigungsbehörde, für den Dienstvorschriften und Paragraphen wie das Amen in der Kirche waren.

»Der besondere Anlaß ist heute«, sagte der Fremde. »Den Champagner haben Sie für *heute* aufgehoben. Sie wußten es nur noch nicht.«

Grants Kinnlade klappte herunter. Er starrte den unverschämten Kerl an.

»Wer, zum Teufel, glauben Sie, daß Sie sind? Wie kommen Sie dazu . . .«

Der Weißhaarige trat auf ihn zu, die Champagnerflasche in der linken Hand. Die rechte streckte er Grant entgegen. »John Hammond. Es freut mich, Sie endlich mal persönlich zu treffen, Dr. Grant!«

Alan stand wie vom Donner gerührt. Seine Augen weiteten sich. Mechanisch ergriff er die dargebotene Hand und schüttelte sie.

»Mister – Hammond?« stammelte er ungläubig.

Hammond lächelte. Er sah sich in dem Wohnmobil um und zog beeindruckt die Mundwinkel nach unten. Die aufgereihten Knochen, so fein säuberlich geordnet, verdeutlichten den enormen Arbeitsaufwand, der hier geleistet worden war.

»Ich sehe«, sagte Hammond anerkennend, »meine fünfzigtausend Dollar pro Jahr sind gut angelegt.«

Wieder flog die Tür auf.

Ellie platzte herein. Atemlos verharrte sie nach zwei Schritten, und sie war nicht weniger wütend als Grant noch vor zwei Minuten.

»Okay«, rief sie grimmig. »Wer ist dieser Schwachkopf?«

Grant sah sie beschwörend an, versuchte, ihr mit Blicken klarzumachen, daß sie im Begriff war, einen schweren Fehler zu begehen.

»Äh – dies ist unsere Paläobotanikerin, Dr. Ellie Sattler«, sagte er in Hammonds Richtung. Und abermals drehte er sich zu seiner Partnerin um. »Ellie, dies ist Mister John Hammond.« Um sicherzugehen, daß sie es auch wirklich verstand, wiederholte er laut und deutlich: »John Hammond!«

Bestürzung malte sich in Ellies Gesichtszüge. »Um Himmels willen«, hauchte sie. »Habe ich Schwachkopf gesagt?« Sie biß sich auf die Unterlippe.

Die beiden Wissenschaftler standen da und sahen den Geldgeber ihres Projekts an wie schuldbewußte Kinder nach dem Kirschenklau in Nachbars Garten.

»Tut mir leid, daß ich wie ein Elefant im Porzellanladen hereingeplatzt bin«, sagte Hammond versöhnlich und mit verständnisvollem Schmunzeln. »Wie wär's mit einem Drink?« Er bot Ellie die Champagnerflasche an.

Sie nahm sie, einfach aus Verlegenheit, weil sie nicht gewußt hätte, was sie sonst tun sollte.

»Lassen Sie das Zeug nicht warm werden!« mahnte Hammond.

Dann, als Ellie seiner Aufforderung gefolgt war und einen Schluck getrunken hatte, nahm er seinen Spazierstock, den er an einen Tisch gelehnt hatte. »Kommen Sie, beide! Setzen wir uns!«

Ohne eine Antwort abzuwarten, drehte er sich um und ging auf den hinteren, staubigen Teil des Wohnmobils zu. Der Gehfehler war ihm kaum anzumerken, es war weniger als ein schwaches Hinken. Möglich, daß er den Stock nur benutzte, um damit aufzufallen. Möglich aber auch, daß er ihn wirklich brauchte. Jemand, der ihn nicht genau kannte, konnte das aber beim besten Willen nicht feststellen.

Sie folgten dem forschen alten Mann und setzten sich zu ihm an den Tisch.

Alan und Ellie wechselten einen verstohlenen Blick. Sie verstanden sich, ohne es sagen zu müssen: Die Bravour dieses Mannes, sein Unternehmungsgeist und seine mitreißende Energie waren wirklich atemberaubend.

»Ich komme gleich zur Sache«, erklärte Hammond. »Sie gefallen mir. Beide. Ich kann Menschen auf den ersten Blick einschätzen; das ist eine besondere Begabung von mir.« Er lehnte sich zurück. Doch die Pause, die er machte, war nur kurz. In seiner knappen Art fuhr er fort: »Ich besitze eine Insel. Vor der Küste von Costa Rica. Ich habe sie von der Regierung geleast und die letzten fünf Jahre damit verbracht, da unten eine Art biologisches Schutzgebiet aufzubauen. Ich habe keine Kosten gescheut. Wirklich eine spektakuläre Sache. Der Safari-Park, den ich in Kenia hatte, war dagegen ein Streichel-Zoo. Bei unseren Attraktionen auf der Insel werden die Kinder total aus dem Häuschen geraten.«

»Und was sind das für Kinder?« fragte Grant begriffsstutzig.

»Verkleinerte Ausgaben von Erwachsenen, mein Schatz«, informierte ihn Ellie sanft und mitfühlend, indem sie ihm die Hand auf die Schulter legte.

Alan warf ihr einen gespielt bösen Blick zu.

»Nicht nur Kinder«, korrigierte sich Hammond. »Einfach jeder! Alle Altersgruppen. Nächstes Jahr ist Eröffnung. Das heißt, wenn die Rechtsanwälte mich nicht vorher in den Tod treiben. Ich hasse Anwälte. Und Sie?«

Grant zog die Schultern hoch. »Also – ehrlich gesagt, *ich* kenne überhaupt keine.«

»Nun, ich fürchte, ich kenne zu viele.« Hammond seufzte. »Vor allem ist da einer, der mich garantiert noch mal ins Grab bringt. Der vertritt meine Kapitalgeber. Er sagt, sie bestehen auf unabhängigen Meinungen.«

»Von wem sollten denn solche Meinungen kommen?« entgegnete Grant.

»Von Ihnen«, antwortete Hammond rundheraus. »Nennen wir das Kind beim Namen. Sie sind eine der größten Autoritäten auf dem Gebiet der Paläontologie. Wenn ich Sie beide . . .«, sein Blick wechselte zu Ellie, um gleich darauf wieder zu Grant zurückzukehren, ». . . dafür gewinnen könnte, für den Park zu unterschreiben – das heißt, das Projekt vielleicht in einem kurzen Gutachten zu befürworten, ja, dann könnte ich mit meiner Arbeit fortfahren.«

Grant runzelte die Stirn. »Weshalb sollte es jemanden interessieren, was *wir* denken? Ich meine, was für ein Park ist es denn?«

Hammond lächelte wieder. »Oh, die Sache liegt haargenau auf Ihrer Linie. Ich schlage vor, Sie begleiten mich einfach. Sie beide. Nur über das Wochenende. Natürlich würde es mich auch brennend interessieren, die Meinung einer Paläobotanikerin zu hören. Ich habe einen Jet, der in Choteau auf mich wartet.«

»Das geht leider nicht«, antwortete Grant hölzern. »Wir haben gerade ein neues Skelett entdeckt, und . . .«

»Ich könnte Sie entschädigen, indem ich die Ausgrabung hier voll finanziere«, wandte Hammond ein.

». . . außerdem wäre es ein furchtbar schlechter Zeitpunkt . . .«

»Volle Finanzierung für drei Jahre«, fügte Hammond hinzu.

Dr. Alan Grant gab ein dumpfes Ächzen von sich.

Dr. Ellie Sattler hatte ihm ihren Ellenbogen in die Rippen gerammt. Ziemlich hart, ziemlich unsanft.

2

Es war eine lärmende, brodelnde Stadt, schon morgens. San José, die Hauptstadt von Costa Rica, unterschied sich in diesem Punkt kein bißchen von anderen mittelamerikanischen Großstädten.

Taxis bahnten sich eilig hupend ihren Weg durch den chaotischen Straßenverkehr. Lieferwagen jagten mit klappernden Aufbauten dahin. Die Fahrer schienen allesamt bestrebt zu sein, irgendwelche Waren in Rekordzeit an ihren Bestimmungsort zu bringen. Dort schien offenbar das Leben davon abzuhängen, daß die Waren so schnell wie möglich eintrafen. War das geschafft, würden die Lieferwagenlenker augenblicklich auf die Sitzbank in ihrem Fahrerhaus kippen und in eine mehrstündige Siesta versinken.

Hochbeladene Lastwagen schwankten durch das städtische Gewimmel wie Elefanten durch eine Herde nervöser Antilopen. Die Lastwagen waren meist *überladen*. Landwirtschaftliche Produkte waren auf den Ladeflächen derart hoch gepackt, daß der Schwerpunkt dieser Rußwolken ausspuckenden und ächzenden Monstergefährte über dem Dach des Fahrerhauses liegen mußte. Hinter den Lenkrädern saßen knorrig aussehende Kerle mit schwieligen Fäusten, und auf den Beifahrersitzen transportierten sie eine Ehefrau und mindestens vier Kinder.

Dennis Nedry saß an einem der Tische eines Straßencafés und widmete sich seiner Lieblingsbeschäftigung.

Er aß.

In diesem Fall handelte es sich um das Frühstück. Es fiel an diesem Tag so üppig aus wie an jedem anderen Tag.

Auf einer Kreuzung, fünfzig Meter entfernt, versuchte ein Polizist, Ordnung in das Durcheinander zu bringen. Der Versuch würde selbst dann noch vergeblich sein, wenn der Beamte kurz vor der Pensionierung stand.

Nedry war ein massiger Mann. Auf dem gewaltigen Hals thronte übergangslos ein konisch zulaufender Kopf mit kurzem, dunklem Haar. Das Kinn war in den Haut- und Fleischmassen des Halses nur noch andeutungsweise zu erkennen. Über seinem gewaltigen Bauch spannte sich ein Hemd von der Größe eines Ein-Mann-Zelts und eine spezialangefertigte Hose. Nedry trug eine Brille, und er gehörte zur Sorte der Dauergrinser. Das hatte ihm früher gelegentlich Prügel eingetragen, wenn aggressive Burschen ihn aufforderten, mit dem verdammten Grinsen aufzuhören. Er konnte es nicht, und er hatte vergeblich beteuert, daß das die Wahrheit war.

Heute war er Ende Dreißig, und es regte sich keiner mehr über ihn auf.

Keiner wurde mehr handgreiflich. Alle hielten ihn für harmlos.

Ein Irrtum.

Nedrys Gewicht lag zwischen zweieinhalb und drei Zentnern, und außer fünf regelmäßigen Mahlzeiten am Tag liebte er Süßigkeiten und Porno-Videos. In seinem Beruf gehörte er zur Spitze. Dennis Nedry war Computer-Programmierer. Er arbeitete für John Hammond, auf der Insel. Von Nedry stammten all die Programme, die den Park überhaupt erst funktionieren lassen würden. *Ohne* das Computersystem lief nichts, absolut nichts.

Dennis Nedry hob den Kopf, als ein Taxi vor dem Straßencafé anhielt.

Der Mann, der ausstieg, trug einen breitkrempigen Strohhut. Mit seiner bunten Kleidung hatte er ein bißchen zu dick aufgetragen, sah er zu sehr nach einem amerikanischen Touristen aus.

Der Mann war Louis Dodgson.

Weil in dem Café Hochbetrieb herrschte und alle Tische besetzt waren, erblickte er Nedry nicht sofort. Suchend sah er sich um, während das Taxi wieder abfuhr. Dodgson war etwa fünfzig Jahre alt. Er hatte eine Schultertasche umgehängt, und er hatte einen Aktenkoffer dabei, den er an sich preßte, als handelte sich um einen Schatz, der ihm jeden Moment von einem Straßenräuber entrissen werden konnte.

Nedry lachte, schüttelte den Kopf und winkte mit hoch erhobener Hand.

»Dodgson!« rief er laut und vernehmlich.

Der Mann mit dem Strohhut erschrak, erblickte den Programmierer und hastete an seinen Tisch. »Sie sollten meinen Namen nicht nennen!« stieß er hervor und setzte sich.

Nedry lachte abermals, und noch lauter rief er: »Dodgson! Dodgson! Dodgson! He, Leute, seht mal, wen wir hier haben! Es ist Dodgson!«

Niemand kümmerte sich um den dicken, lärmenden Gringo.

»Sehen Sie«, sagte Nedry, an den anderen Mann gewandt. »Kein Schwein kümmert sich um uns. Einen hübschen Hut haben Sie da! Was versuchen Sie darzustellen – einen Geheimagenten? Oder irgendwas in der Art?«

Dodgson reagierte nicht darauf. Er stellte den Aktenkoffer neben den Tisch. Vorsichtig schob er den Koffer auf Nedry zu. Der Inhalt des Koffers *war* so wertvoll wie ein Schatz.

»Siebenhundertfünfzigtausend«, sagte Dodgson.

Nedry lächelte und zog den Aktenkoffer zu sich heran.

»Bei Lieferung erhalten Sie für jeden lebensfähigen Embryo noch mal fünfzigtausend«, erklärte Dodgson.

»Das macht insgesamt eine Million fünfhunderttausend – vorausgesetzt, Sie schaffen es, alle fünfzehn Spezies von der Insel wegzubringen.«

»Ich kriege sie alle«, versicherte Nedry.

Dodgson beugte sich vor. »Vergessen Sie nicht: *lebensfähige* Embryos! Die Viecher nützen uns nichts, wenn sie nicht überleben.«

»Wie soll ich sie transportieren?« wollte Nedry wissen.

Dodgson setzte eine gewichtige Miene auf. Er griff in die Schultertasche und förderte eine Spraydose mit Rasiercreme zutage. Er stellte sie auf den Tisch. Es war eine von der Sorte, die man in jedem Supermarkt kaufen konnte.

»Der Boden läßt sich öffnen«, erklärte Dodgson halblaut. »Drinnen ist die Dose in verschiedene Fächer unterteilt. Einschließlich Kühlfach. Und wenn Sie kontrolliert werden sollten – kein Problem. Drücken Sie mal oben drauf.«

Nedry betätigte den Druckknopf. Weiße Rasiercreme schäumte heraus wie Schlagsahne. Es sah direkt appetitanregend aus.

Das Dauergrinsen des Programmierers verbreiterte sich.

»Das Kühlmittel darin . . .«, begann Dodgson mit seiner Erklärung.

Nedry sah sich nach einer Möglichkeit um, den Klacks Rasiercreme loszuwerden.

». . . reicht für sechsunddreißig Stunden. Vor Ablauf der Zeit . . .«

Nedry entschied sich für einen Beistelltisch, der zum Nachbartisch gehörte.

Die Leute dort waren in ihr Gespräch vertieft. Er ließ den Rasierschaum auf eine Schale mit roter Geleespeise fallen.

». . . müssen die Embryos unbedingt hier in San José eintreffen.«

Nedry wandte sich wieder seinem Geschäftspartner zu. »Das hängt ganz von dem Burschen mit dem Boot ab. Morgen abend um sieben am östlichen Anleger! Sehen Sie zu, daß er pünktlich da ist.«

»Wie wollen Sie das Sicherheitssystem überwinden?« entgegnete Dodgson.

Nedry winkte ab. »Ich habe eine Lücke von achtzehn Minuten in das Computerprogramm eingebaut. Das sind genau die achtzehn Minuten, die Ihrer Firma dazu verhelfen, zehn Jahre Forschungsarbeit aufzuholen.«

Ein Kellner kam herbei und legte die Rechnung auf den Tisch, zwischen den beiden Männern. Nedry warf einen vielsagenden Blick auf die Rechnung und sah dann seinen Geschäftspartner an.

»Kommen Sie mir jetzt nicht auf die billige Tour, Dodgson!«

Der Mann mit dem übertrieben großen Strohhut nahm die Rechnung an sich und bezahlte.

»Gut, daß Sie nicht die gleichen Fehler machen wie Hammond«, sagte Nedry und grinste.

Wie ein schlankes, elegant geformtes Insekt schwirrte der Hubschrauber in geringer Höhe über den Pazifik. Die Wasseroberfläche schimmerte tiefblau im Sonnenlicht; dort, wo der Rotorwind sie erreichte, kräuselte sie sich leicht und formte huschende Flächen von Licht und Schatten.

Der Hubschrauber trug ein Firmen-Logo an den Seiten. Die Aufschrift lautete:

In-Gen Construction

John Hammond hatte vorn neben dem Piloten Platz genommen.

Zusammengedrängt auf den hinteren Sitzen hockten Dr. Alan Grant und Dr. Ellie Sattler mit zwei weiteren

Passagieren, die sie erst vor dem Start der Maschine kennengelernt hatten.

Donald Gennaro, der sich als Rechtsanwalt im Dienst des Unternehmens vorgestellt hatte, trug Safarikleidung, wobei die Hose Bermuda-Länge hatte. Dazu ein weißes Hemd mit dunkler Krawatte. Den weißen Panama nahm er nicht mal im Hubschrauber ab.

Dr. Ian Malcolm, der andere Passagier, war Mathematiker. Er war von Kopf bis Fuß in Schwarz gekleidet, zusätzlich mit Sonnenbrille und Schlangenlederstiefeln gestylt.

Alan Grant hatte bemerkt, daß Malcolm offenbar Schwierigkeiten hatte, irgend etwas anderes zu tun, als Ellie mit Blicken zu verschlingen. Nach einer Weile schien Malcolm mitzukriegen, daß Grant ihn mit wachsendem Unmut ansah.

Der Mathematiker beugte sich vor. »Sie beide graben also Dinosaurier aus?« rief er, laut genug, um das Singen der Hubschrauber-Turbine zu übertönen.

»Wir versuchen es jedenfalls«, antwortete Grant in der gleichen Lautstärke.

Malcolm lachte übertrieben. Er tat, als könnte er nicht aufhören zu lachen.

Grant war verwirrt.

Hammond drehte sich um; seine Miene spiegelte Ärger. »Sie werden sich an Dr. Malcolm gewöhnen müssen! Er hat ein beklagenswert übersteigertes Selbstwertgefühl – besonders für einen Mathematiker!«

»Chaotiker paßt besser!« korrigierte Malcolm.

Hammond stieß einen Knurrlaut aus. Er gab sich keine Mühe, seine Mißbilligung zu verbergen.

»John glaubt nicht an die Theorie des Chaos«, sagte Malcolm. »Vor allem nicht an das, was diese Theorie für sein nettes kleines wissenschaftliches Projekt auf der Pfanne hat!«

»Unsinn!« schnaubte Hammond. »Ian, Sie haben niemals auch nur im entferntesten erklärt, warum Sie über die Insel besorgt sind!«

»Und ob ich das habe!« ereiferte sich Malcolm. »Klar und deutlich sogar! Wegen des Verhaltens des Systems in den Phasen-Zwischenräumen!«

Hammond winkte unwillig ab. »Das sind doch nur modische Zahlenspielereien, mehr nicht!«

Malcolm wandte sich den Gästen zu. »Dr. Grant, Dr. Sattler – haben Sie von der Chaos-Theorie gehört?«

Beide verneinten, indem sie den Kopf schüttelten.

»Non-lineare Gleichungen?« fragte Malcolm weiter ab. »Seltsame Attraktoren?«

Alan und Ellie mußten abermals passen.

»Dr. Sattler!« rief der Mathematiker in gespielter Empörung. »Ich weigere mich, zu glauben, daß *Sie* nicht mit den Grundsätzen der Attraktivität vertraut sind!«

Grant verdrehte ärgerlich die Augen, als Malcolm seine Partnerin mit einem öligen Grinsen bedachte. Aber Ellie lächelte. Alans Eifersucht bereitete ihr Freude. Unterdessen wandte sich Hammond zu Gennaro um, sah den Anwalt anklagend an.

»*Ich* beschaffe Wissenschaftler«, sagte Hammond vorwurfsvoll. »Sie schleppen mir einen Rock-Star an!«

Der Pilot tippte Hammond auf die Schulter. Sofort wandte sich der Weißhaarige wieder nach vorn, spähte durch das Cockpitglas und klatschte im nächsten Moment in die Hände – aufgeregt wie ein kleiner Junge.

»Da ist sie! Die Insel!« rief er.

Die anderen wandten sich nach vorn. Alan und Ellie sahen, was sie bislang nur aus Hammonds Beschreibungen kannten.

Isla Nublar.

Eine sehr klein wirkende Insel, vollständig von dicken Wolken überzogen. Dadurch hatte der Anblick etwas Bedrohliches, Mysteriöses.

Der Pilot zog die Maschine auf eine Stelle über der Wolkendecke zu, die er offenbar genau kannte. Und er ließ den Hubschrauber in einen raschen Sinkflug übergehen.

»Starke Scherwinde!« rief Hammond. »Wir müssen so schnell wie möglich runter! Halten Sie sich fest! Kann sein, daß es ein bißchen ungemütlich wird!«

Der Helikopter sackte ab wie ein Stein.

Ellie ergriff heimlich Alans Hand. Durch die Kabinenfenster waren plötzlich steile Felswände zu sehen, an denen sie vorbeirasten – beängstigend nahe. Immer wieder traf der Hubschrauber auf die Scherwinde, die ihn bocken ließen wie einen Bronco, dem man zum ersten Mal den Sattel aufgelegt hatte.

Nur Hammond war noch nach Reden zumute. Er schwatzte drauflos wie ein übermütiger kleiner Junge. »Wir planen eine Landebahn!« schwärmte er. »Auf Pfeilern in die See hinaus! Viertausend Meter! So ähnlich wie LaGuardia Airport in New York, nur viel sicherer! Was halten Sie davon?«

Alan und Ellie waren nicht imstande, zu antworten. Sie klammerten sich fest. Im Boden der Kabine befand sich ein Plexiglasfenster. Sie näherten sich dem Boden. Ein leuchtend weißes Landekreuz war durch das Plexiglas zu sehen.

Das Kreuz wurde rasend schnell größer, denn der Hubschrauber sackte noch immer wie Blei in die Tiefe.

Plötzlich wurde die Maschine von einem harten Aufwind ergriffen und himmelwärts geschleudert. Doch schon in der nächsten Sekunde sackte sie erneut ab. Atemzüge lang waren Alan und Ellie starr vor Entsetzen.

Dann, unvermittelt, durchlief den Hubschrauber ein Schlag von unten. Es schien unvermeidlich, daß die Maschine auseinanderbrach.

Doch nichts dergleichen geschah.

Alan und Ellie sahen sich an, als sie es begriffen:

Sie waren gelandet!

Eben das war für sie eine der letzten Möglichkeiten gewesen, mit denen sie noch hatten rechnen können. Stille kehrte ein, als der Pilot die Turbine abschaltete.

Die Kanzeltür wurde aufgerissen. Erschrocken zuckten die Passagiere zurück. Ihre Nerven waren von dem zermürbenden Sinkflug noch stark geschwächt.

Ein Mann in Arbeitskleidung beugte sich herein, half ihnen ins Freie.

Geländefahrzeuge warteten, bereit zur Abfahrt.

Hammond breitete die Arme aus. »Willkommen im Jurassic Park!« rief er mit überschwenglicher Freude.

Die beiden großen, offenen Geländewagen jagten den Hang hinunter. Hinter ihnen, auf der Hügelkuppe, erwachte die Hubschrauber-Turbine zu neuem Leben. Träge klatschend zunächst, begannen die Rotorblätter wieder zu kreisen.

Dr. Ellie Sattler, Dr. Alan Grant und Dr. Ian Malcolm saßen in dem vorderen Wagen und hielten sich fest. Der Mann am Lenkrad glaubte offenbar, seinen Fahrgästen wenigstens einen Bruchteil des Nervenkitzels bieten zu müssen, den sie im Hubschrauber erlebt hatten. In halsbrecherischem Tempo scheuchte er den Off-Road-Wagen auf den Dschungel zu.

John Hammond und Donald Gennaro folgten in dem zweiten Wagen, der ebenfalls von einem Fahrer gelenkt wurde.

Sie passierten ein riesiges Tor in einem zehn Meter hohen Zaun. Das Tor wurde von zwei Parkwächtern geschlossen.

Alan Grant und seine Partnerin kamen aus dem Staunen nicht heraus.

Die Drähte des Zauns waren von enormem Durchmesser, und sie wurden von mächtigen Isolatoren getragen. Warnlichter glommen bedeutungsvoll. Und große Hinweisschilder ließen keine Zweifel offen:

Electrified Fence! 10 000 Volts!

Ellie erschauerte bei dem Gedanken an diese gewaltige Stromspannung. Überhaupt hatte sie noch nie einen solchen Elektrozaun gesehen. Und an Alans Miene konnte sie ablesen, daß er kaum weniger beeindruckt war als sie.

Donald Gennaro, im hinteren Geländewagen, betrachtete den Riesenzaun mit unverhohlenem Mißtrauen. »Ist die Einzäunung auf den ganzen fünfzig Meilen wirklich komplett?« fragte er voller Unbehagen.

»*Und* die Betongräben!« lachte John Hammond. »*Und* die Bewegungsmelder-Systeme! Versuchen Sie, sich zu entspannen, Donald!«

Gennaro dachte nicht daran, sich so leicht beruhigen zu lassen. »Ich möchte eines klarstellen, John: Dies ist kein Wochenend-Ausflug. Dies ist eine ernsthafte Untersuchung der Sicherheitsvorkehrungen auf der

Insel. Denn Ihre Kapitalgeber, die ich in diesem Fall vertrete, sind zutiefst besorgt. Wir haben achtundvierzig Stunden. Wenn Sie ...«, er deutete nach vorn, auf Dr. Grant, Dr. Sattler und Dr. Malcolm, »... dann nicht überzeugt sind, werde *ich* auch nicht überzeugt sein. Und vergessen Sie nicht, ich kann Ihren Laden hier dichtmachen!«

»In achtundvierzig Stunden, Donald, werde ich Ihre Entschuldigung annehmen. Aber jetzt machen Sie Platz. Ich kann sie nicht sehen!«

Ungeduldig schob er Gennaro zur Seite, um freies Blickfeld auf die Passagiere des vorderen Geländewagens zu haben.

»Was jetzt kommt, möchte ich um nichts in der Welt verpassen!« rief Hammond. Seine Augen leuchteten bei der Vorstellung, wie die Wissenschaftler reagieren würden, wenn sie all das sahen, was sie nach ihrem geschulten Verstand für unmöglich halten mußten.

Die geländegängigen Fahrzeuge verlangsamten ihr Tempo, als sie eine schmale, gewundene Bergstraße erklommen.

Ellie war fasziniert von der üppigen tropischen Vegetation der Insel. Von manchen Punkten der Straße reichte der Blick weit über den dichten Pflanzenwuchs. Dann wieder fuhren sie wie durch eine Schlucht, die zu beiden Seiten von undurchdringlichen grünen Wänden begrenzt wurde. Wenig später lichtete sich der Wald auf der einen Seite.

Ellie runzelte die Stirn, je länger sie den Pflanzenwuchs betrachtete. Es war eine überwältigende, erdrückende Vielfalt. Aber irgend etwas stimmte nicht. Um es zu begreifen, mußte sie sich auf einen Teil konzentrieren. Alles auf einmal zu erfassen, war unmöglich. Völlig ausgeschlossen.

Die Wagen fuhren jetzt fast im Schrittempo.

Ellie griff nach einem dicht belaubten Zweig und riß ihn ab. Ungläubig starrte sie den Zweig an, als sie ihn sich auf die Knie legte. Vorsichtig strich sie über die Blätter.

»Alan!« rief sie.

Aber er hörte sie nicht, denn etwas anderes fesselte seine Aufmerksamkeit. Der Wagen holperte jetzt über einen schmalen Pfad. Baumstämme huschten vorbei, jenseits eines breiten Betongrabens. Doch Alans Sinne registrierten, daß es da drüben etwas gab, was ungewöhnlich war. Er wußte nur noch nicht, was es war.

Einige der Baumstämme da drüben hatten keine Zweige und keine Blätter.

Sie waren so dick wie die anderen Baumstämme.

Aber grau.

Und kahl.

Im zweiten Geländewagen befahl Hammond dem Fahrer, anzuhalten.

Der Fahrer des ersten Wagens sah es im Spiegel und stoppte ebenfalls.

Ellie starrte noch immer auf die Blätter ihres Zweiges. »Das *kann* es gar nicht geben!« sagte sie entgeistert. »Nicht hier. Nirgends.«

Aber Alan hörte noch immer nichts. Er drehte sich auf seinem Platz um, als der Wagen angehalten hatte.

Sein Blick wanderte an einem dieser kahlen grauen Baumstämme hoch.

Höher.

Und höher.

Sein Kinn klappte herunter.

Das war kein Baumstamm.

Das war ein Bein!

Alan wagte kaum zu atmen, als er den Kopf in den Nacken legte, so weit er konnte.

Hoch oben, im Blätterdach der Bäume, entstand plötzlich eine Lücke – noch während der Paläontologe versuchte, seine Fassungslosigkeit in den Griff zu bekommen.

Ein ganze Stück von einer Baumkrone wurde herausgerissen. Dann war ein Krachen und Bersten zu hören, ein mahlendes Geräusch.

Dr. Alan Grant war bereit, an seinem Verstand zu zweifeln, als er sah, wohin die Zweige verschwanden.

Ein riesiges Maul schlang Holz und Blattwerk hinunter, als handelte es sich um knackigen Salat.

Gleich darauf war der ganze Kopf des Wesens zu sehen.

Ein Dinosaurier!

Während Alan noch zu träumen glaubte, reihte sein wissenschaftlich geschulter Verstand bereits die Fakten dessen aneinander, was er da sah. Aber genau das gleiche hätte sein Gehirn vermutlich auch im Traum getan. Er konnte noch immer nicht fassen, daß es Wirklichkeit war, was er sah.

Das riesige Tier war ein Brachiosaurier, auch Brontosaurus genannt.

Verglichen mit den Ausmaßen seines Körpers, war der Kopf erstaunlich klein. Der Brachiosaurier war ein Pflanzenfresser und erreichte eine Höhe von zehn Metern. Er hatte einen langen, gebogenen Hals und hielt sein Gleichgewicht durch einen ebenso langen, sich verjüngenden Schwanz.

Der Saurier senkte den Kopf und blickte auf die Menschen in ihren Fahrzeugen herab. Das Gesicht und die Augen des Tiers sahen freundlich und zugleich dümmlich aus.

Ellie betrachtete noch immer die Blätter auf ihrem Schoß. »Diese Spezies des Veriforman ist ausgestorben seit . . .«

Sie brach ab, als Alan unvermittelt ihren Kopf ergriff und ihr Gesicht in die Richtung drehte, in die auch er starrte – und nicht aufhören konnte, zu starren.

»O mein Gott!« hauchte Ellie.

Hammond war ausgestiegen, kam herüber. Er lehnte sich an den Wagen, in dem die Wissenschaftler saßen, und er sah aus wie ein stolzer Vater, der sein Kind vorzeigte.

»Na, wollen Sie ihn streicheln?« rief er.

Alan und Ellie brachten kein Wort hervor. Sie konnten nicht aufhören, in die Höhe zu blicken und dieses gigantische Tier zu bewundern.

Die Reaktion Dr. Ian Malcolms war völlig anders.

Er sah Hammond an – bewundernd und anklagend zugleich.

»Sie haben es getan!« stieß Malcolm hervor. »Sie verrückter Hurensohn haben es *getan*!«

Langsam, wie gebannt, richtete sich Alan Grant auf. Er stieg auf die Sitzfläche und stand nahezu auf den Zehenspitzen, wobei er das freundliche Monstrum unverwandt anstarrte.

Der Laut, den er plötzlich von sich gab, klang wie ein Lachen, aber auch wie ein Freudenschrei.

»Ha!«

Der Dinosaurier schien es gehört zu haben, in seiner luftigen Höhe. Möglicherweise hatte er auch mitbekommen, welche grenzenlose Begeisterung in diesem menschlichen Laut mitschwang. Vielleicht hatte er aber auch überhaupt nichts mitgekriegt. Auf jeden Fall hatte er vor diesen kleinen Kreaturen in ihren Spielzeugautos nicht die geringste Angst. Er streckte seinen gewaltigen Hals aus, quer über den Graben. Der einfältig aussehende Kopf schob sich über die Straße, unmittelbar vor dem Jeep. Auf der linken Straßenseite riß das Maul einen gewaltigen Bissen aus einem Baum.

Gennaro erschauerte. »Sind das – sind das ...?«

»Herbivores*!« rief Hammond in das rechte Ohr des Anwalts. »Beruhigen Sie sich! Sie fressen wirklich nur Pflanzen.«

Gennaro schien sich tatsächlich zu beruhigen.

Dr. Malcolm konnte es nicht lassen. Er beugte sich zu Gennaros linkem Ohr und gab ihm den lakonischen Hinweis: »Dieses lieben Tierchen könnten Sie aber zertreten!«

Der Anwalt verzog das Gesicht. Die Vorstellung, totgetrampelt zu werden, stürzte ihn in erneute Panikstimmung.

Doch der Brachiosaurier zog sich zurück. Dabei verlor er dicke Äste aus dem Maul, wie ein Baby den Brei, wenn es gefüttert wird. Die Äste prasselten auf die Motorhaube des Geländewagens.

Ellie sprang hinaus, überquerte die Straße und folgte dem Saurierkopf, wie er sich zurückzog. Grant stand noch immer auf dem Sitz, weltvergessen, in Staunen und Bewunderung versunken. Er zeigte auf das Wesen und brachte die ersten richtigen Worte hervor, seit es aufgetaucht war:

»Das ist ein Dinosaurier!«

Und er war nicht allein.

Jenseits des Grabens waren sie zu sehen – die Beine wie Baumstämme, die gewaltigen Hälse und Schwänze und die kleinen Köpfe, die aus den Baumkronen ihr Futter herausrupften.

* auf pflanzliche Ernährung spezialisierte Tiere

Ellie hatte den Rand des Grabens erreicht. Fasziniert blickte sie zu den Sauriern auf.

Eines war schon auf den ersten Blick klar: Sie bewegten sich behende, geradezu leichtfüßig. Sie waren weit entfernt von dem, was Wissenschaftler ihnen andichteten; sie waren alles andere als faule, träge Monster.

Alan Grant löste sich endlich aus seiner Erstarrung. Doch er wirkte noch immer geistesabwesend, als er aus dem Jeep stieg. John Hammond begleitete ihn zum Graben.

Ellie wandte sich zu dem weißhaarigen Mann um. »Wie viele Menschen wissen davon?« fragte sie atemlos.

»Ein paar Dutzend Autoritäten, über die ganze Welt verteilt. Aber die meisten kennen nur einen Teil der Geschichte – den, der zu ihrem Fachgebiet paßt. Ein komplettes Bild kann sich keiner machen.«

Ein anderer Saurier streckte sich nach einem Ast hoch über ihnen. Dabei stand das Tier mühelos auf seinen Hinterbeinen.

»Ellie!« rief Grant, und er geriet regelrecht aus dem Häuschen. »Sie sind – sie sind – unglaublich – diese – diese ...«

»... die Bewegungen!« ergänzte Ellie. »Du hast recht! Diese ...«

»... Gewandtheit!« half er ihrer Sprachlosigkeit auf die Sprünge. »Es ist einfach ...«

Er verschluckte sich, denn fast wäre er in den Graben gestürzt, so hingerissen war er von dem Anblick der Brachiosaurier. Ellie, selbst restlos in Bewunderung versunken, konnte gerade noch zupacken. Reflexartig erwischte sie Alan am Gürtel und bewahrte ihn vor dem Sturz in die Tiefe des Betongrabens, ohne sich dessen aber richtig bewußt zu werden. Während ihrer kleinen Rettungsaktion, bei der sie mit ihrem Partner einen Schritt zurückwich, redete sie voller Begeisterung weiter.

»Weißt du, das hier ist wie ein K.o.-Schlag für die Warmblütigkeit! Wir können ganz einfach ...«

»... die Lehrbücher zerreißen!« fiel ihr Alan aufgeregt ins Wort. »Es stimmt einfach nicht, was behauptet wird! Diese Burschen haben sich alle geirrt! Zum Beispiel dieser – dieser ...«

»... dieser Typ mit dem Haarteil – an der Yale Universität? Diesen – diesen – den mußt du doch kennen! Diesen ...«

»Ja, ich weiß! Aaron – äh – Aaron ...«

»... Mitchell! Aaron Mitchell, dieser Schwachkopf! Oh, ich würde was drum geben, ihn jetzt hier zu haben! Dann könnte ich ihm zusehen, wie er jede einzelne Seite von seinen selbstgefälligen Texten auffrißt!«

Grant wandte sich Hammond zu. »Dieses Ding hat eine Halslänge von wieviel? Fünfundzwanzig, siebenundzwanzig Fuß?«

»Der Brachiosaurier?« entgegnete der Weißhaarige. »Dreißig Fuß!«

Alan und Ellie wechselten einen ungläubigen Blick. Und dann redeten sie beide gleichzeitig auf Hammond ein.

»Das können Sie mir doch nicht erzählen!« rief Alan. »Sie wollen mir doch nicht ernsthaft weismachen, daß es sein Blut einen dreißig Fuß hohen Hals hinaufpumpen kann, ohne ein Herz mit vier Kammern zu haben? Und, daß es sich dann noch so bewegen kann! Was machen Sie hier mit uns? Wollen Sie uns auf den Arm nehmen? Wie schnell sind die Viecher überhaupt?«

»Das wär's also!« triumphierte Ellie. »Damit wäre

der Fall ein für allemal abgeschlossen! Dieses Monstrum lebt nicht in einem Sumpf, damit es sein Körpergewicht überhaupt tragen kann! Bei Gott, das muß man sich mal ansehen! Es läuft herum wie ein Rhinozeros! Himmel, ja, wie schnell ist es?«

Hammond wirkte etwas benommen, wußte nicht genau, mit wem von beiden er nun überhaupt redete. »Also . . .«, antwortete er, »wir haben den T-Rex mit zweiunddreißig Meilen pro Stunde gestoppt.«

»Ich *wußte* es!« freute sich Grant.

»Sie haben einen Tyrannosaurus rex?« staunte Ellie, um sich sofort darauf Alan zuzuwenden: »Er hat einen T-Rex!« Sie glich in diesem Moment einem kleinen Mädchen, das gerade die neue Barbie-Puppe im Ballkleid geschenkt bekommen hat.

»Den müssen wir uns sofort ansehen«, verlangte Grant.

Hammond lachte. »Keine Sorge, wir werden genug Zeit haben – heute nachmittag.«

Eine Weile widmeten sie sich schweigend dem Ausblick. Das Land, gut erkennbar jenseits der Bäume, hatte etwas von einer afrikanischen Steppe. Doch der Unterschied bestand in den Tieren, die diese Steppenlandschaft bevölkerten.

Keine Antilopen, keine Zebras, keine Gnus, keine Elefanten.

Und keine Löwen, die nur darauf warteten, Beute zu reißen.

Statt dessen Dinosaurier!

Mehr als hundert dieser kolossalen Urtiere liefen da draußen über das Stück Flachland dieser unglaublichen Pazifik-Insel. Eine ganze Herde von Brachiosauriern kreuzte das Land behende und schnell, und es kam den Wissenschaftlern in diesem Moment vor wie der natürlichste Anblick der Welt. Denn sie fühlten sich wie versunken in eine *andere* Welt. In diese Welt, die hier geschaffen worden war – auf einer vorher menschenleeren Insel, unbeachtet vom Rest der wirklichen Welt.

Mehr als hundert Saurier waren es, die auf der Ebene dahinzogen.

Ein Bild, das Alan und Ellie vollends in seinen Bann zog.

Es waren nicht allein die Saurier, obwohl sie natürlich das Beeindruckendste von allem waren. Doch Ellie hatte es sofort bemerkt: Auch die Umgebung stimmte. Diese Saurier lebten nicht in einer für sie fremden Umgebung. Die ganze Pflanzenwelt, die sie umgab, war wie vor hundert Millionen Jahren. Ausgestorbene Pflanzen wuchsen hier in üppiger Pracht, als handelte es sich um die selbstverständlichste Sache der Welt.

Diese Insel war – lebendig gewordene Vergangenheit.

Aber wer hatte das alles geschaffen?

Und vor allem:

Wie?

Alan Grant wollte sich mit all diesen brennenden Fragen erneut an Hammond wenden. »Haben Sie . . .«, setzte er an, doch der Blick auf das Saurierland lenkte ihn sofort wieder ab. »Es ist absolut unglaublich!« rief er Ellie zu. »Sieh dir an, wie sie – wie sie ihre Herde gebildet haben! Also leben sie *doch* in Herden!«

»Wir hatten recht«, sagte Ellie ergriffen.

Hammond lächelte. »Deshalb brauche ich Sie beide. Um zu beweisen, daß wir auf dem richtigen Weg sind. Deshalb habe ich Sie – Dr. Sattler und Dr. Grant – unterstützt. Wir haben diesen Ort anhand Ihrer Erkenntnisse gestaltet.«

»Unsere Erkenntnisse?« wiederholte Alan verwundert.

Hammond nickte. »Wie in Ihrer Arbeit über Habitats-Einschränkungen* beschrieben. Bitte scheuen Sie sich nicht, das in Ihrem Gutachten über La Isla Nublar zu erwähnen.«

Grant sah ihn. »Wie haben Sie es *gemacht*?«

»Ich zeige es Ihnen«, antwortete Hammond. »Wir sollten jetzt zum Besucherzentrum fahren.«

»Nein!« riefen Alan und Ellie wie aus einem Mund.

Ellie hielt sich an ihrem Partner fest. Noch mehr als zuvor wirkte sie jetzt erst recht wie ein kleines Mädchen.

»Ich will mehr Dinosaurier sehen!« verlangte sie.

»Dann sind Sie am richtigen Ort«, antwortete Hammond stolz wie ein Vater, der seinem Kind keine Erklärung schuldig bleiben muß.

Gennaro und Malcolm hatten sich die ganze Zeit über im Hintergrund gehalten, bei den Geländewagen.

Donald Gennaro hatte sich in diesen wenigen Minuten völlig verändert, auch äußerlich. Die Angst war von ihm abgefallen. Sein Gesichtsausdruck hatte sich in blankes Entzücken gewandelt, während er dastand und die Szenerie betrachtete.

»Mein Gott!« flüsterte der Anwalt ehrfurchtsvoll. Seine Stimme war heiser.

»Wir werden mit dieser Insel ein Vermögen machen. Millionen! Ein Vermögen!«

Dr. Ian Malcolm stand ein Stück von Gennaro entfernt. Auch der Mathematiker war von der Saurierherde fasziniert. Und er schüttelte den Kopf, als sein

* Habitat = Standort, an dem eine Tierart regelmäßig vorkommt

Blick auf John Hammond fiel. Der Mann war der personifizierte Besitzerstolz.

»Verrückter Hund!« murmelte Malcolm, und wieder klang es halb bewundernd und halb anklagend.

3

Das Hauptareal von Jurassic Park war eine große Lichtung im Dschungel. Drei Gebäudekomplexe, durch Wege miteinander verbunden, bestimmten das Bild. Fast noch beeindruckender als die Gebäude war der Doppelzaun, der das Hauptareal umschloß. Der äußere Zaun, an die sieben Meter hoch, sperrte den Dschungel regelrecht aus.

Dort draußen wuchs das Urzeit-Dickicht völlig ungehindert. Eine dampfende, üppige Vegetation von sattem Grün entfaltete sich nach Regeln, die in jenen Jahrmillionen gegolten hatten, in denen auch die Saurier gelebt hatten.

Auf dem Weg über die Insel waren Dr. Ellie Sattler und Dr. Alan Grant immer mehr zu der Überzeugung gelangt, in eine Art Paradies für Wissenschaftler geraten zu sein. Ein Paradies für Paläontologen und Paläobotaniker, natürlich. Aber auch Vertreter von anderen Zweigen der Wissenschaft würden hier in Verzückung geraten. Biologen. Geologen. Mediziner der verschiedenen Sparten. Archäologen. Historiker. Klimatologen. Meteorologen. Die Liste konnte man sicherlich noch verlängern.

Ja, und auch Mathematiker, Informatiker mußten hier ins Schwärmen geraten.

Alan fragte sich, warum Ian Malcolm die Begeisterung nicht so eindeutig teilte. Vielleicht hatte es persönliche Gründe. Malcolm schien Hammond ja schon eine ganze Weile länger zu kennen. Alan schob die Gedanken beiseite. Es gab einfach zuviel zu sehen. Zu vieles, was so unglaublich war, daß man wohl noch eine Zeit brauchen würde, um es richtig zu begreifen.

Innerhalb des Doppelzauns wurde an vielen Stellen noch gearbeitet. Bauarbeiter waren zu sehen, wie sie Materialien durch die Gegend karrten und auf Gerüsten herumkletterten.

Das größte Gebäude war das Besuchercenter, mehrere Stockwerke hoch, die Außenwände noch nicht vollends fertig. Im Mittelpunkt des Gebäudes befand sich eine riesige Rundhalle aus Glas.

Der zweite Gebäudekomplexe war ein eigener, abgeteilter Bereich. Es handelte sich um das private Wohnhaus. Obwohl innerhalb der Doppelumzäunung des Hauptareals gelegen wie die übrigen Bauwerke, war der Wohnbereich zusätzlich von einem eigenen Zaun umgeben.

Der dritte Komplex war eigentlich gar kein Gebäude, wenn man von dem Wachturm einmal absah. Es handelte sich um jenes Gehege, das innerhalb des Sicherheitszauns von undurchdringlichem Dickicht bewachsen war. Bei Tageslicht fiel besonders das starke Tor auf, das für die Aufnahme von Lattenkäfigen mit genau passenden Maßen vorgesehen war. Nichts erinnerte mehr an den Unfall, der sich hier abgespielt hatte.

Die Geländewagen hielten vor dem Besucherzentrum.

John Hammond führte seine Gäste in die Eingangshalle.

Es war ein großer Raum mit hoher Decke. Letztere war erforderlich wegen der Saurier-Skelette, die hier aufgebaut wurden. Es handelte sich um das Skelett eines Tyrannosaurus und eines Brontosaurus. Der T-Rex griff den Pflanzenfresser an, und dieser – das war selbst an dem Knochengerüst zu erkennen – krümmte sich und schrie vor Schmerzen. Im Personenkorb eines Auslegerkrans waren Techniker damit beschäftigt, die höhergelegenen Teile der Skelette zu vervollständigen. Überall standen Baugeräte herum. Auf der anderen Seite der Halle führte eine Treppe in den angrenzenden Trakt des Gebäudes.

Alan und Ellie folgten Mr. Hammond in das Gebäude. Gennaro und Malcolm schlossen sich ihnen an. Hammond begann mit seinen Erklärungen, während sie die Eingangshalle durchquerten.

»Jurassic Park wird der fortschrittlichste Freizeitpark der Welt werden. Wir verbinden hier die neuesten Technologien miteinander, und daraus entsteht ein Gesamtwerk, wie es noch nie dagewesen ist. Ich rede nicht von Rundfahrten. Das hat jeder schon mal gemacht – eine Rundfahrt durch einen Freizeitpark. Was wir hier geschaffen haben, sind lebende biologische Attraktionen – so unglaublich, daß sie die Bewunderung der Menschen auf der ganzen Welt auslösen werden!«

Im Vorbeigehen blickte Alan zu einem der Saurierskelette empor und schüttelte dabei den Kopf. Ellie bemerkte es.

»An was denkst du?« fragte sie.

»Daß wir bald unseren Job verlieren werden«, antwortete er.

Malcolm schob sich auf sie zu, grinste. »Meinen Sie nicht eher, daß Sie einem aussterbenden Beruf angehören?«

Ellie und Alan antworteten nicht. Sie gingen weiter. Malcolm blieb zwei Schritte zurück und nutzte die Gelegenheit, um verstohlen Ellies hintere Rundungen zu betrachten.

Sie erreichten den Vorführraum.

Ellie, Alan, Gennaro und Malcolm setzten sich in die vordere Reihe des Auditoriums von insgesamt fünfzig Plätzen.

John Hammond nahm seinen Platz vor ihnen auf der Bühne ein.

»Für die Teilnehmer einer Besichtigungs-Tour fängt hier alles an«, erklärte er. »Hier gibt's eine kleine Show vorweg, die den Leuten das notwendige Grundwissen vermittelt.«

Hinter ihm wurde ein Vorhang geöffnet.

Ein zweiter John Hammond blickte von einem riesigen Bildschirm auf sein lebendiges Ebenbild herab.

»Hallo, John!« sagte der Bildschirm-Hammond.

»Oh, verdammt«, sagte der Bühnen-Hammond. »Ich hab doch einen Zettel mit dem Text – irgendwo ...« Er wühlte in seinen Taschen, fand einen Notizzettel und überflog die Zeilen. Der Bildschirm-Hammond machte unterdessen ohne seinen Bühnen-Zwilling weiter.

»Gut, denke ich«, antwortete er auf die vorgesehene Frage, wie es ihm gehe. »Aber wie ich bin ich hierher gekommen?«

»Äh ...«, sagte der wirkliche Hammond, als er endlich den Zettel fand. Dann las er den Text ab: »Hier, ich zeige es dir. Zuerst brauche ich einen Tropfen Blut. Dein *Blut*!«

Der Bildschirm-Hammond streckte seinen Zeigefinger aus, und der Bühnen-Hammond tat so, als würde er ihm mit einer Nadel in den Finger stechen.

»Au!« rief der Bildschirm-Hammond. »Das tut weh, John!«

»Bleib ruhig, John«, antwortete sein reales Ebenbild. »Das gehört nun mal dazu, wenn man das Wunder des Klonens* erleben will.«

Während die beiden Hammonds weiter palaverten, teilte sich das Videobild in zwei Hammonds, dann vier, dann acht, sechzehn und immer weiter, bis es auf dem Bildschirm von Hammond-Winzlingen wimmelte.

Auf der Zuschauerbank steckten Alan Grant, Ellie Sattler und Ian Malcolm aufgeregt die Köpfe zusammen.

»Klonen ...«, sagte Alan. »Ja, aber *wovon*? Blut-Entnahme hat noch nie einen kompletten DNA-Strang** ergeben!«

»Jedenfalls nicht ohne erhebliche Sequenz-Lücken«, bestätigte Malcolm.

»Das würde also bedeuten ...«, resümierte Ellie, »... daß man Paläo-DNA braucht, um einen Saurier herzustellen. Aber woher nehmen? Wo könnte man hundert Millionen Jahre altes Dinosaurier-Blut herkriegen?«

»Schschsch!« machte Gennaro. Er zeigte auf den Bildschirm, wo jetzt wieder der einzelne Hammond-Klon zu sehen war. Eine Zeichentrickfigur erschien zusätzlich auf dem Schirm. Die Figur war ein heiter

* gentechnische Erschaffung eines Lebewesens mit völlig identischem Erbgut

** DNA = Desoxyribonukleinacidum (oder DNS = Desoxiribonukleinsäure). Die Chromosomen im Zellkern bestehen aus einem DNA-Molekül. Die Doppelwendelstruktur dieses Kettenmoleküls mit ihren gepaarten chemischen Basen bildet gewissermaßen die Buchstaben im genetischen Text, also das Gen mit den kompletten »Anweisungen« für den Bau und die Funktionen eines Organismus.

aussehendes Kerlchen, aus dem typischen Doppelwendel-Strang eines DNA-Moleküls gebildet. Die Figur wurde als »Mister DNA« vorgestellt.

Mister DNA sprang auf den Kopf des Bildschirm-Hammond und rutschte seine Nase hinunter.

»Hey, Mister DNA!« rief Hammond. »Wo kommen Sie denn her?«

»Aus Ihrem Blut!« krähte Mister DNA in breitestem amerikanischem Englisch. »Nur ein Tropfen Ihres Blutes enthält Milliarden von DNA-Strängen.«

Im Zuschauerraum beugte sich Malcolm zu Gennaro hinüber, während das Kerlchen auf dem Bildschirm weiterplapperte.

»Mister DNA scheint aus Texas zu sein«, meinte der Mathematiker.

»Kinder lieben Cowboys«, sagte der Anwalt nur.

In der Videoaufzeichnung hatte unterdessen Mister DNA die Leitung der Show übernommen. Er wandte sich mit seiner Ansprache jetzt direkt an das Publikum.

»Ein DNA-Strang wie ich ist eine Blaupause für den Bau eines lebenden Wesens! Und manchmal haben Tiere, die vor Millionen von Jahren ausgestorben sind, ihre Blaupausen für uns hinterlassen, damit wir sie finden. So war das bei den Dinosauriern. Wir mußten nur herausfinden, wo wir nach den Blaupausen zu suchen hatten.«

Das Hintergrundbild der Videoaufnahme wechselte. Statt der Zeichentrick-Kulisse war jetzt ein Bild aus der freien Natur zu sehen. Ein Moskito in Großaufnahme. Der Stachel des Insekts war tief in die Haut eines Tiers versenkt. Der Körper der Stechmücke pulste und pumpte sich mit dem Blut auf, das sie trank.

Mister DNA fuhr fort: »Vor hundert Millionen Jahren gab es Moskitos genau wie heute. Und genau wie heute ernährten sie sich durch das Blut von Tieren. Sogar von Dinosauriern!«

Die Kamera zoomte zurück. Jetzt war zu erkennen, daß der Moskito auf dem Kopf eines riesigen Brachiosauriers saß. Der Saurier war eine Computer-Animation.

Wieder wechselte das Bild. Wieder folgte eine Nahaufnahme. Diesmal war es der Ast eines Baums. Die Baumrinde glitzerte von goldenem Harz.

Mister DNA sprang auf dieses Harz.

»Manchmal, nachdem er einen Dinosaurier gestochen hatte, landete ein Moskito so richtig vollgefressen auf einem Zweig wie diesem – und blieb im Harz stecken.«

Der vergrößerte Moskito landete auf der Oberfläche des Baumsirups und blieb prompt kleben.

Auch Mister DNA saß fest. Verzweifelt versuchte er noch, seine Beine aus dem klebrigen Goldgelb zu ziehen. Vergeblich.

»Wow!« rief er.

Baumharz floß nach, über den Moskito und Mister DNA hinweg, und sehr rasch waren beide vollständig von dem glitzernden Sirup bedeckt. Mister DNA schrie aus dem Inneren seines goldgelben Gefängnisses, um sich mit seinen Erklärungen noch verständlich zu machen:

»Nach langer, langer Zeit wurde dann das Baumharz hart und versteinerte – genau wie ein Dinosaurierknochen. Nur, in dem versteinerten Harz blieb der Moskito erhalten.«

Das Bild wechselte erneut.

Jetzt war ein wissenschaftliches Laboratorium zu sehen, in dem viele Leute hektisch arbeiteten. Überall lagen Berge von Bernstein, mit Aufklebern und Anhängern versehen. Wissenschaftler untersuchten den Bernstein unter Mikroskopen.

Einer der Wissenschaftler schob eine komplizierte Bohrmaschine an ein Stück Bernstein mit einem Moskito heran. Der Mann setzte den Bohrer an die Seite des Bernsteinbrockens und schaltete ein. Summend fraß sich der Bohrer in das goldfarbene Material.

Mister DNA entwischte durch das Bohrloch, während der Wissenschaftler den Brocken unter das Mikroskop legte und durch das Okular blickte.

»Dieses versteinerte Baumharz, das wir Bernstein nennen«, fuhr Mister DNA fort, »ruhte Millionen von Jahren mit dem Moskito darin, bis die Wissenschaftler von Jurassic Park es fanden!«

Die Kamera zeigte jetzt die mikroskopische Aufnahme des Moskitos, und Mister DNA fuhr mit seinen Erläuterungen fort.

»Mit hochwertiger technischer Ausrüstung entnehmen sie dem Moskito das über Jahrmillionen erhaltene Blut . . .«

Mister DNA sah vom Bildrand her gespannt zu, wie eine lange Nadel durch den Bernstein in den Körper des Moskitos gestochen wurde. Etwas von der Substanz in diesem Körper wurde herausgesogen.

»Bingo!« rief Mister DNA. »Da haben wir's! Dino-DNA!«

Über den Bildschirm rasten verwirrende Kolonnen von DNA-Daten. Mister DNA sprang vor der Datenwand herunter und hielt sich den Kopf vor Benommenheit.

»O mein Gott!« rief er. »Ein vollständiger DNA-Strang enthält drei Milliarden genetische Codes! Das muß man sich mal vorstellen! Also, auf so einen Bildschirm . . .«, er deutete mit dem Daumen hinter sich, ». . . müßte man jeden Tag acht Stunden lang blicken und dabei pro Sekunde eine Bildschirmseite Text ansehen. Yeah, Leute, dann wäre man in zwei Jahren damit fertig, den kompletten DNA-Strang anzusehen! In Worten: zwei Jahre! So lange dauert das! Und weil das Zeug in unserem Fall so alt ist, ist es voller Löcher. Das ist jetzt der Punkt, an dem unsere Gen-Techniker den Fall übernehmen.«

Die Kamera fuhr hinüber ins gentechnische Labor.

Auch hier waren viele Wissenschaftler bei der Arbeit. Zwei hohe weiße Apparatetürme fielen besonders auf.

Und wieder war Mister DNA zur Stelle, um die Erläuterungen zu liefern. »Super-Computer-Denkmaschinen und Gen-Sequenzer entschlüsseln den DNA-Strang innerhalb von Minuten . . .«

Ein Wissenschaftler, weiter hinten im Raum, hatte seine Arme in zwei langen Gummischläuchen stecken. Er war an einen bizarr aussehenden Apparat geschnallt, starrte in ein klobig aussehendes Kopfteil und bewegte seine Arme langsam und vorsichtig wie ein chinesischer Schattenboxer.

». . . und Darstellungen von virtueller Realität* zeigen unseren Gen-Technikern die Lücken in der DNA-Sequenz.** Weil zum Glück das meiste DNA-Material von Tieren zu neunzig Prozent identisch ist, verwenden wir den kompletten DNA-Strang eines Frosches . . .«

Auf dem Bildschirm wurde nun ein echter DNA-Strang gezeigt, der allerdings in der Mitte ein großes

* Virtuelle Realität = scheinbare Wirklichkeit
** Sequenz = Folge, Aufeinanderfolge

Loch hatte. Lebenswichtige Informationen fehlten also. Mister DNA erschien wieder im Bild. Er trug ein Bündel Buchstaben in der einen Hand.

Er schob die Buchstaben in die Lücke und stemmte sich mit dem Rücken dagegen, um sie richtig zu verteilen. Er gab bei dieser offenbar anstrengenden Arbeit grunzende Laute von sich.

»... und mit dem Froschmaterial – füllen wir die Löcher aus und vervollständigen den genetischen Code. Geschafft!« Er rieb sich die Hände und sah zufrieden aus. »Jetzt können wir ein Dinosaurier-Baby machen!«

Im Zuschauerraum klatschte Gennaro spontan Beifall.

Die Wissenschaftler dagegen sahen sich an; sie wirkten nicht so überzeugt.

»An dieser Stelle folgt etwas dramatische Musik«, erklärte Hammond. »Da dum, da dum, da dum dum ... Ein Marsch oder so was. Das Stück wird noch geschrieben. Die Besichtigung geht jedenfalls erst mal weiter.«

Er betätigte einen Schalter.

Sicherheitsbügel erschienen wie aus dem Nichts, senkten sich über die Sitze und rasteten klickend ein.

»He!« rief Malcolm protestierend.

»Das ist so vorgesehen«, erklärte Hammond. »Es geschieht zu Ihrer eigenen Sicherheit!«

Alan Grant zuckte zusammen, als der Sicherheitsbügel schmerzhaft auf sein Bein traf. Aber es blieb keine Zeit, sich darüber aufzuregen. Denn das weitere Geschehen nahm bereits seinen Lauf.

Die Sitzreihe glitt aus dem Auditorium, durch Türen, die sich automatisch öffneten, bis hinein in einen angrenzenden Korridor.

Langsam rollte die Sitzreihe an einer Flucht von Doppelglasfenstern vorbei. Über den Fenstern war ein großes Schild befestigt:

*Genetics – Fertilization – Hatchery**

Hinter den Fenstern arbeiteten Techniker mit Mikroskopen. Im Hintergrund gab es einen Bereich, der vollständig mit ultraviolettem Licht ausgeleuchtet war.

Mister DNA's Stimme kam jetzt aus den Lautsprechern, die in die Sitze eingebaut waren. »Die Befruchtungsabteilung ist der Ort, an dem wiederum Entscheidendes geschieht. Dort wird nämlich das Dinosaurier-DNA in unbefruchtete Emu- oder Straußen-Eier eingesetzt, und zwar an Stelle des Emu- oder Straußen-DNA. Und dann geht es weiter zum Kinderzimmer. Dort können wir dann die Dinosaurier in der Welt von heute willkommen heißen!«

Ein verzücktes Dauer-Lächeln lag mittlerweile in Gennaros Gesicht. Ihn begeisterte jetzt einfach alles, was er sah.

Alan Grant, Ellie Sattler und Ian Malcolm dagegen waren skeptisch. Sie beugten sich vor, gegen die Sicherheitsbügel, um besser sehen zu können. Aber die Sitzreihe rollte weiter.

»Moment mal!« rief Grant. »Wie unterbrechen Sie die Mitose**?«

»Könnten wir mal die unbefruchteten Straußen-Eier sehen?« hakte Ellie nach.

Aber die Sitze rollten bereits weiter, zu einer anderen

* Genetiklabor, Befruchtung, Brutraum

** Zellkernteilung mit Längsspaltung der Chromosomen, auch indirekte Zellkernteilung genannt.

Reihe von Fenstern. Dahinter befand sich eine Art Kontrollraum.

»Unser Kontrollraum...«, ließ sich Mister DNA vernehmen, »... enthält so ziemlich die ausgefeilteste Automatisierung, die jemals...«

Grant hörte nicht mehr hin. Er reckte den Kopf, um noch einen Blick in die Labors werfen zu können. Die Sitze rollten unaufhörlich weiter. Ein langsameres Tempo war offensichtlich nicht vorgesehen.

»Können Sie diese Dinger nicht anhalten?« rief Grant erbost.

»Tut mir leid«, antwortete Hammond. »Es ist doch eine Besichtigungstour!«

Grant wandte sich an Malcolm. »Sehen wir zu, daß wir hier rauskommen!« sagte er entschlossen.

Und sie halfen sich gegenseitig, um mit den Sicherheitsbügeln fertig zu werden. Grant zog das linke Bein an und schob seinen Bügel mit dem Fuß bis ganz nach unten. Malcolm hielt den Bügel dort fest, so daß Grant aus dem Sitz steigen konnte. Anschließend revanchierte sich Grant, indem er das gleiche für Malcolm tat.

»He!« protestierte Gennaro lautstark. »Das könnt ihr doch nicht machen!«

Niemand hörte auf ihn.

Im nächsten Moment war auch Ellie aus ihrem Sitz befreit.

»Seid doch vernünftig!« schrie Gennaro.

Ebensogut hätte er versuchen können, ein Gespräch mit einer Betonwand zu beginnen.

Die drei erreichten unterdessen die Tür zum Brutraum. Grant versuchte, die Tür aufzustoßen, aber es gelang ihm nicht. Er rüttelte am Knauf. Die Tür bewegte sich nicht. Sie war mit einem Magnetkarten-Sicherheitssystem ausgestattet.

John Hammond ging mit seiner Karte hinüber.

»Es ist schon in Ordnung, Donald«, sagte er, an Gennaro gewandt. »Sie *müssen* neugierig sein.«

Er schob die Karte durch einen Schlitz in einem flammend roten Schild. Ein Summen ertönte, und die Tür öffnete sich einen Spalt.

Alan Grant bedachte die summende Tür mit einem mißtrauischen Blick. Dann aber schob er sie behutsam auf.

Brutraum und Kinderzimmer waren enorm groß, in Infrarot-Licht getaucht. Tische, die die gesamte Raumlänge einnahmen, waren mit Dinosaurier-Eiern bedeckt. Die Konturen der Eier verschwammen in einem feinen, tiefhängenden Nebel, der den ganzen Raum ausfüllte.

Grant ging auf einen kleinen Brutkasten zu. Es war ein Gerät von der Sorte, wie es auch in den Wochenstationen der Krankenhäuser verwendet wurde. Grant spähte durch das Glas in den Kasten.

Unwillkürlich riß er die Augen weit auf. Und den Mund bekam er vor Staunen nicht wieder zu. Was er da vor sich sah, zum Greifen nahe, hatte kein Mensch jemals gesehen – außer den wenigen hier auf der Insel.

Ein Dinosaurier entstand.

Ein Dinosaurier-Baby zerbrach die Eierschale von innen.

Zuerst waren es lediglich kleine Stücke, die herausgestoßen wurden. Unter dem entstehenden Loch war nur etwas Gelblich-Braunes zu erkennen, das sich hin und her bewegte.

Das Straußen-Ei begann zu schwanken.

Sofort erschien ein Roboterarm, der das Ei festhielt – behutsamer, als es eine Menschenhand hätte tun können.

»Mein Gott!« rief Alan. »Nun seht euch das an!«

Einer der Labortechniker eilte als erster herbei. Henry Wu, ein Amerikaner asiatischer Abstammung, Ende Zwanzig. Er blickte über die Schulter den Paläontologen.

»Ah, wunderbar!« rief Wu. »Ich hatte gehofft, es würde ausgebrütet sein, bevor ich zum Schiff muß.«

Hammond, Ellie und Malcolm traten ebenfalls näher.

»Henry!« sagte Hammond vorwurfsvoll. »Warum haben Sie mir nicht Bescheid gesagt? Sie wissen, daß ich grundsätzlich anwesend bin, wenn einer von ihnen geboren wird.«

Wu antwortete nicht. Doch Hammond hatte ohnehin Wichtigeres zu tun, als auf eine Antwort zu warten. Er streifte Gummihandschuhe über und schob seine Hände vorsichtig in den Brutkasten. Noch vorsichtiger ging er zu Werke, als er Stücke der grobporigen, rauhen Eierschale herausbrach.

Grant versuchte, eines der größeren Schalenstücke aus dem Brutkasten zu nehmen, aber der Roboterarm schnappte ihm das Stück aus der Hand. Dabei kniff der stählerne Greifer dem Wissenschaftler in den Daumen.

In der Öffnung des Straußen-Eies wurde ein kantiger kleiner Kopf erkennbar.

Scharfgezeichnete Schädellinien liefen von der wulstigen Augenpartie nach vorn spitz zu. Die gleiche Form hatte das Maul mit dem schon typischen langen Unterkiefer.

Die winzigen Vorderbeine und die schon beachtlich ausgeprägten Krallen des Wesens kamen zappelnd zum Vorschein, hielten sich am Rand der Eierschale fest . . .

. . . und klammerten sich an Hammonds Daumen

und Zeigefinger der linken Hand. »Sie prägen sich das erste Lebewesen ein, mit dem sie in Kontakt kommen«, erklärte der Betreiber des Saurier-Parks. »Das bringt sie dazu, mir zu vertrauen. Bei der Geburt jedes Tiers auf dieser Insel war ich anwesend.«

Malcolm sah ihn an. »Aber doch sicherlich nicht bei denen, die in der Wildnis ausgebrütet worden sind!«

Henry Wu meldete sich wieder zu Wort. »Oh, sie können draußen in der Wildnis nicht brüten. Die Populations-Kontrolle* gehört zu unseren Sicherheitsvorkehrungen. Es gibt auf der Insel kein unerlaubtes Brüten.«

Alan und Ellie wechselten einen Blick. Ellie mußte sich zusammenreißen, um nicht zu grinsen. Wu war völlig ernst. Der unfreiwillige Humor in seinen Worten schien ihm nicht aufgegangen zu sein.

Malcolm ließ sich nicht so einfach abspeisen. »Woher *wissen* Sie, daß sie da draußen nicht brüten?«

Henry Wu antwortete mit einem angedeuteten Lächeln: »Weil alle Tiere in Jurassic Park weiblich sind. Wir haben sie so konstruiert.«

Inzwischen hatte sich der kleine Dinosaurier vollends aus der Eierschale befreit.

Ein schrumpeliges Wesen – wie eine Mischung aus Eidechse und Vogel, mit viel zu groß geratenem Kopf. Ein krabbeliges kleines Tier, das nach Luft schnappte und unsicher schwankte, nachdem Hammond es neben der Eierschale auf den Boden gesetzt hatte.

Alan Grant hob es auf. Im warmen Licht des Brutkastens setzte er es auf seine Handfläche. Einen Moment lang taxierte er sein Empfinden.

* Population = Gesamtheit der Exemplare einer Tierart in einem begrenzten Bereich

JURASSIC
PARK

DANGER
10,000
VOLTS

DINOSAURS
THE

JURASSI

»Körpertemperatur schätzungsweise dreißig Grad«, stellte er fest.

»Dreiunddreißig«, sagte Wu trocken.

»Homöotherm?* « rief Grant ungläubig. »Und es hält diese Temperatur?«

Wu nickte nur.

»Unglaublich!« Der Paläontologe schüttelte fassungslos den Kopf.

Malcolm warf Hammond abermals einen zweifelnden Blick zu. »Noch mal: Woher *wissen* Sie, daß alle weiblich sind? Geht jemand in den Park und – hm – hebt den Dino-Girls die Röcke hoch?«

»Nein«, antwortete Wu ungerührt. »Wir kontrollieren ihre Chromosomen. Es ist nicht sonderlich schwierig. Alle Wirbeltier-Embryos sind von der Entstehung her sowieso weiblich. Im richtigen Entwicklungsstadium wird ein extra Hormon benötigt, um ein männliches Tier heranwachsen zu lassen. Dieses betreffende Hormon verweigern wir ihnen einfach.«

Malcolm knurrte unwillig. Er war nicht im mindesten überzeugt.

»Was gefällt Ihnen nicht?« wollte John Hammond wissen.

»Es ist schlicht unmöglich, daß Ihre Kontrolle hier funktioniert. Wenn es *eines* gibt, das uns die Evolutionsgeschichte gelehrt hat, dann die Tatsache, daß sich das Leben nicht in Schach halten läßt. Das Leben bricht sich seinen Weg in die Freiheit. Es dehnt sich aus und erreicht neue Gebiete. Es durchbricht Barrieren. Und dann ist es auf einmal da, wo man es nicht erwartet hat – ein schmerzhafter, vielleicht sogar gefährlicher Prozeß. Aber es passiert. Irgendwann.«

* warmblütig

Ellie hörte ihm zu und war beeindruckt.

Grant kümmerte sich um nichts anderes als um den kleinen Dinosaurier. Er setzte das Schrumpelbaby auf seinen Handrücken und fuhr ihm mit dem Finger vorsichtig über den Rücken und den Schwanz, wobei er die Wirbel zählte. In die Gesichtszüge des Paläontologen malte sich Staunen. Was er festgestellt hatte, war hundertprozentig richtig. Und gerade deshalb *war* es so erstaunlich.

Wu ging auf die Zweifel des Mathematikers ein: »Sie wollen andeuten, daß eine Gruppe von ausnahmslos weiblichen Tieren anfangen würde, zu brüten?«

Malcolm zog die Schultern hoch. »Was ich sage, ist einfach nur – das Leben findet einen Weg.«

»Das ist philosophisch«, sagte Ellie. »Das gefällt mir.«

Malcolm lächelte ihr zu – so voller Wärme, daß es Alan Grant garantiert mißfallen hätte. Doch der Paläontologe nahm von seiner Umgebung ohnehin nichts wahr.

Alan war völlig vertieft in seine Beschäftigung mit dem kleinen Saurier. Er vermaß und wog das winzige Wesen auf einem Labortisch in der Nähe des Brutkastens. Unvermittelt hielt er inne.

Er *wußte,* was für ein Tier dies war.

Und doch konnte er es nicht glauben.

Er fürchtete sich vor der Antwort, als er fragte: »Welche Spezies ist dies?«

»Hm...« Wu zögerte einen Moment. »Es ist ein Velociraptor.«

Alan und Ellie wechselten einen Blick, voller Fassungslosigkeit. Und mit der gleichen Fassungslosigkeit sahen sie beide Hammond an.

»Sie züchten Raptoren?« stieß Alan hervor.

Er stürzte als erster ins Freie.

Mit Riesenschritten und einem Glimmen der Ungeduld in den Augen überquerte Alan die freie Fläche zwischen dem Besuchercenter und jenem Gehege, das mit seinem Wachturm aussah wie ein Gefängnis-Außenlager.

Ellie, Malcolm und Gennaro folgten dem Paläontologen dichtauf.

Hammond mußte sich anstrengen, um mitzuhalten. »Wir hatten vor, Ihnen die Raptoren später zu zeigen!« keuchte er. »Nach dem Mittagessen!« Und als keine Reaktion erfolgte, schrie er: »Dr. Grant!«

Aber auch das bewirkte nichts.

Alan hatte bereits das Gefängnis-Gehege erreicht. Er verharrte vor dem mächtigen Umfassungszaun und versuchte beinahe verzweifelt, einen Blick ins Innere des Dickichts zu werfen. In diesem Stück Urzeit-Dschungel gab es ähnliche Geräusche wie in einem vergleichbaren Dschungel der Neuzeit. Der Gesang der Vögel schwebte über dem eher dumpfen Rest der Tierstimmen.

Hammond hastete auf ihn zu, hörbar außer Atem. »Wie gesagt, das Mittagessen steht für Sie bereit. Danach können Sie dann hinaus in den Park. Steve, unser Koch . . .«

»Was machen die da?« unterbrach ihn Alan, ohne überhaupt zugehört zu haben. Er zeigte auf einen hohen Kran, dessen Ausleger etwas Großes, Schwarzes in das Dickicht innerhalb der Gehege-Umzäunung absenkte. Es war etwas sehr Großes.

Und es bewegte sich in den Gurten am Kranseil.

Ein junger Ochse.

Je näher er dem Blätterdach geriet, desto mehr steigerte sich seine Panik. Die kräftigen Beine, ohne Halt unter dem Gurtgestell, strampelten – hatten aber nicht die geringste Chance, auch nur irgend etwas zu einer Rettung beitragen zu können.

Denn es gab keine Rettung.

»Die Raptoren werden gefüttert«, meinte Hammond beiläufig.

»Nehme ich an.«

Alan und die anderen standen da wie vom Blitz getroffen.

»Steve, unser Koch ...«, redete Hammond munter weiter, »... hat ein exquisites Menü für Sie zusammengestellt. Chilenischen Barsch, glaube ich. Wie ist es, wollen wir nicht lieber erst an unser leibliches Wohl denken und ...« Er brach ab, als er merkte daß ihm niemand mehr zuhörte. Er drehte sich um und sah die Wissenschaftler, die wie gebannt das Geschehen verfolgten, von dem sie doch nur einen geringen Teil mitbekamen.

Aber es reichte für eine Gänsehaut.

Der Stier versank in den Baumkronen.

Zwei Sekunden später wurde das Seil des Krans schlaff.

Im selben Moment verstummten die Tierstimmen im Dickicht.

Es wurde totenstill.

Alan Grant und die anderen spähten zu dem Kranseil.

Auf einmal ruckte es.

Wie eine Angelschnur, wenn ein Fisch plötzlich angebissen hat.

Unvermittelt hing das Seil wieder ruhig.

Doch nur für einen kurzen Augenblick.

Dann setzte das Grauen ein.

Das Seil wurde von einer Seite zur anderen gerissen.

Im gleichen Rhythmus gerieten auch die Dschungelpflanzen in Bewegung.

Eine ungeheure Kraft entfaltete sich in dem dichten Grün.

Urgewalt.

Geräusche untermalten das Grauen.

Geräusche, die den Zuhörern eisige Schauer über den Rücken jagten.

Ein wüstes Durcheinander der schlimmsten vorstellbaren Geräusche.

Tiefes, heiseres Grollen drang aus dem Dickicht wie aus einem teuflischen Resonanzkörper. Immer wieder war dazwischen ein scharfes Schnappen zu hören – knochenhart und von einer ungeheuren Muskelkraft hervorgerufen. Schließlich waren da noch jene knirschenden und mahlenden Geräusche, die am eindeutigsten klarmachten, was sich abspielte.

Der Ochse wurde buchstäblich in Stücke gerissen.

Es nur vor dem geistigen Auge sehen zu können machte es noch schlimmer, als es ohnehin schon war.

Und auf einmal, ebenso plötzlich, wie es begonnen hatte, wurde es wieder still.

Nach und nach erwachten die Tierstimmen, die ursprünglichen Geräusche des Dschungels.

»Mein Gott!« hauchte Ellie.

»Faszinierende Tiere, nicht wahr?« strahlte Hammond. »Einfach faszinierend! Wenn man ihnen Zeit läßt, werden sie den T-Rex ausstechen. Ich garantiere es.«

»Können wir nicht näher heran?« drängte Alan. »Können wir sie nicht sehen?«

Ellie nahm seinen Arm, als versuchte sie, ihn zu beruhigen, wie man ein übererregtes Kind beruhigt.

»Alan, das da drinnen kann man nicht besichtigen wie die Knochen, die du ausgräbst!«

»Wir sind noch dabei, ein Betrachtungssystem zu perfektionieren«, erklärte Hammond. »Die Raptoren scheinen sich nicht so gut in ein Parksystem integrieren zu lassen.«

Eine Stimme erscholl hinter ihnen.

»Sie sollten alle vernichtet werden!«

Die Wissenschaftler drehten sich um.

Der Mann, der gesprochen hatte, war ein kraftvoller Mann um die Vierzig. Seine Aussprache wies ihn als Engländer aus. Er stand mit den Händen in den Hosentaschen, den Hut in den Nacken geschoben. Er sah aus wie jemand, der es gewohnt war, daß man ihm zuhörte, wenn er sprach.

»Robert Muldoon«, stellte Hammond ihn vor. »Er war mein Jagdaufseher in Kenia. Er ist ein Bangemacher. Aber andererseits hat er sich mit den Raptoren mehr befaßt als irgendein anderer.«

»Was für einen Metabolismus* haben sie?« fragte Grant den Engländer. »Und wie schnell wachsen sie?«

»Mit acht Monaten sind sie tödlich«, antwortete Muldoon. »Und ich meine tödlich im wahrsten Sinn des Wortes. Ich habe alle Raubtiere dieser Welt gejagt, die auch einen Menschen jagen können. Aber die Art und Weise, wie *diese* Bestien sich bewegen ...« Er schüttelte den Kopf, fand keine Worte.

»Schnell für einen Zweifüßer?« entgegnete Alan.

»Affenartig«, sagte Muldoon. »Achtzig, neunzig Stundenkilometer, wenn sie erst mal im Freien sind. Und sie sind erstaunliche Springer.«

»Ja, ja, ja«, mischte sich Hammond unwillig ein.

* Stoffwechsel

»Deshalb haben wir ja auch extreme Vorsichtsmaßnahmen ergriffen. Der Besichtigungsbereich unter uns wird zwanzig Zentimeter starkes gehärtetes Sicherheitsglas erhalten, das in verstärkte Stahlrahmen eingesetzt . . .«

»Zeigen sie Intelligenz?« fragte Alan weiter, ohne Hammond zu beachten. »Bei der Größe ihrer Gehirnhöhlungen haben wir angenommen . . .«

»Sie zeigen enorme Intelligenz«, erwiderte Muldoon, ohne den Paläontologen zu Ende sprechen zu lassen. »Sie sind sogar in der Lage, Probleme zu lösen. Vor allem die Große. Wir hatten ursprünglich acht gezüchtet, aber als sie reinkam, hat sie sofort die Führungsposition übernommen und sechs von den anderen getötet. Die zwei, die sie überleben ließ, müssen ihr wohl irgendwie gefallen haben. Diese Große – wenn sie einen ansieht, dann kann man *sehen*, daß sie denkt. Ihretwegen müssen wir die Biester auf diese Art füttern. Sie brachte den anderen bei, den Zaun anzugreifen, wenn die Männer zum Füttern kamen.«

»Aber es ist doch ein Elektrozaun!« rief Ellie.

Muldoon nickte grimmig. »Sie griffen niemals dieselbe Stelle zweimal an. Sie haben den Zaun auf Schwachstellen getestet. Systematisch. Sie sind in der Lage, sich zu *erinnern*!«

Hinter ihnen brummte der Kran wieder los und zog das Seil aus dem Raptor-Gehege. Die Wissenschaftler drehten sich um – rechtzeitig, um das blutige Gurtgestell zu sehen. Von dem Ochsen war nicht einmal mehr ein Stück Fell zu erkennen.

Hammond klatschte in die Hände.

»Na, wer hat Hunger?«

Das Mittagessen wurde im Restaurant des Besucherzentrums serviert. Hammond hatte sich gemeinsam mit den drei Wissenschaftlern und dem Anwalt an einem langen Tisch niedergelassen. Ein umfangreiches Bufett war aufgebaut, und zwei Kellner besorgten das Servieren.

Der Raum war verdunkelt worden. Hammond nutzte die Zeit, um auf verschiedenen Bildschirmen ringsherum Dias vorzuführen. Die komplette Show lief vollautomatisch ab. Die Bilder zeigten fertige und noch geplante Einrichtungen des Parks, und Hammonds Erläuterungen dazu liefen von einem Tonband ab. Das Licht von den Bildschirmen warf zuckende Helligkeit auf die Kunstwerke, die das Restaurant schmückten.

Der wirkliche Hammond wandte sich seinen Gästen zu und redete, während die automatische Vorführung noch lief.

»Keine dieser Attraktionen ist fertig. Der Park präsentiert sich mit der Einführung, die Sie ja gerade erlebt haben. Die Programme für weitere Besichtigungstouren werden in zwölf Monaten folgen. Absolut spektakuläre Entwürfe haben wir dafür! Ich habe wirklich keine Kosten gescheut.« Er sah Ellie an. »Nehmen Sie das Eis. Es ist wundervoll. Ich habe persönlich alle vierundzwanzig Geschmacksrichtungen probiert!«

Auf den Bildschirmen lief die Diavorführung weiter. Eine Reihe von Statistiken wurde gezeigt. Darin ging es um garantierte und mögliche Profite, um das Personal und um andere Planungsdetails des Finanzhaushalts.

Donald Gennaro hatte sich völlig gewandelt. Er war die Heiterkeit in Person, strahlte ständig über das ganze Gesicht, und es gab nichts mehr, dem er nicht begeistert zugestimmt hätte. Zu Hammond war der Anwalt ausgesprochen freundlich, manchmal schon albern. Als ein

Dia die möglichen Millionengewinne von Jurassic Park beschrieb, klopfte Gennaro dem Weißhaarigen kumpelhaft anerkennend auf die Schulter.

John Hammond zuckte zusammen.

»Und wir können jeden Eintrittspreis verlangen, den wir wollen!« freute sich Gennaro lauthals. »Zweitausend pro Tag, zehntausend pro Tag – die Leute werden es bezahlen! Und dann wäre da ja auch noch das Merchandising*!«

»Donald«, sagte Hammond ernst. »Dieser Park wurde nicht gebaut, um nur die Superreichen zu bedienen. Jeder Mensch auf der Welt hat ein Recht, sich an den Tieren hier zu erfreuen.«

»Das werden sie auch«, nickte Gennaro eifrig. »Das werden sie auch! Da machen wir einfach einen Tag mit ermäßigtem Eintritt, einmal im Monat – oder irgendwas in der Art.«

Das Gebaren des Anwalts veranlaßte Alan Grant, sich ein wenig umzusehen – in seiner unmittelbaren Umgebung. Der Teller, von dem Alan aß, hatte die Form der Insel. Er blickte auf den Trinkbecher, den er vor sich stehen hatte. Auf der einen Seite des Bechers war ein Tyrannosaurus rex abgebildet, auf der anderen Seite ein flott gestyltes Logo des Jurassic Park.

Auf dem Tisch, ein Stück weiter, waren bunt gedruckte Lagepläne gestapelt – ganz in der Art von Prospekten, wie man sie von Freizeit-Parks kannte. Grant beugte sich hinüber und zog eines der bunten Faltblätter zu sich heran. Quer auf das Titelblatt war in großen Buchstaben gedruckt:

* verkaufsfördernde Maßnahmen, Vermarktung von Nebenrechten und Nebenprodukten

*Fly United to Jurassic Park!**

Die Tonbandstimme Hammonds drang erneut in Alans Bewußtsein.

»... sollte das Einkommen, das aus allen drei Parks fließt, insgesamt acht bis neun Milliarden Dollar pro Jahr erreichen ...«

Der wirkliche Hammond wandte sich an Gennaro. »Das ist natürlich nach konservativen kaufmännischen Grundsätzen gerechnet. Es gibt nämlich keinen Anlaß zu wilden Spekulationen.«

Gennaro grinste sein kumpelhaftes Grinsen. »Ich bin noch nie ein reicher Mann gewesen. Aber wie ich gehört habe, soll es ganz nett sein, reich zu sein.«

Ian Malcolm hatte die Vorführungen auf den Bildschirmen mit unverhohlener Verachtung angesehen. Er stieß einen Knurrlaut aus, der unmißverständlich klarmachte, daß er genug davon hatte.

»Eines bestürzt mich – bei allem, was ich hier gesehen und gehört habe!« sagte er laut und zornig.

Alle ruckten herum, starrten ihn an.

»Es ist der Mangel an Ehrfurcht vor der Natur«, erklärte Malcolm rauh.

»Vielen Dank für die Belehrung, Dr. Malcolm«, entgegnete Gennaro sarkastisch. »Aber ich meine, die Dinge sind ein bißchen anders, als Sie und ich befürchtet haben.«

»Stimmt«, knurrte Malcolm. »Sie sind bei weitem schlimmer.«

»Jetzt machen Sie aber halblang!« rief der Anwalt. »Wir haben den eigentlichen Park ja noch nicht mal

* Fliegen Sie mit United Airlines zum Jurassic Park!

gesehen. Wir sollten also mit unseren Befürchtungen zurückstecken – wenigstens so lange, bis wir . . .«

»Nein, Donald«, unterbrach Hammond ihn. »Lassen Sie ihn reden. Ich möchte alle Standpunkte hören. Das möchte ich wirklich.«

Malcolm schenkte ihm einen anerkennenden Blick. »Sehen Sie denn nicht die Gefahr in dem, was Sie getan haben?« sagte er beschwörend. »Die genetische Kraft ist die ehrfurchtgebietendste Macht, die dieser Planet hervorgebracht hat. Aber Sie gehen damit um wie ein Kind mit der Waffe seines Vaters, die es gerade gefunden hat.«

»Es ist wohl nicht angebracht«, konterte Donald Gennaro, »jetzt Verallgemeinerungen ins Feld zu führen!«

Malcolm beachtete ihn nicht. Er sprach weiter, ohne den Blick von Hammond zu wenden. »Das Problem mit dem wissenschaftlichen Potential, das Sie benutzt haben, ist, daß Sie keine großen Anstrengungen unternehmen mußten, um es zu erlangen. Sie haben einfach nur nachgelesen, was andere getan haben – und dann haben Sie den nächsten Schritt unternommen. Sie haben das Wissen nicht selbst erworben, also brauchten Sie auch keine Verantwortung dafür zu übernehmen. Um etwas so schnell wie möglich zu erreichen, sind Sie einfach bei den wirklichen Genies ins Huckepack gesprungen. Und bevor Sie genau wußten, was dabei herauskommen würde, haben Sie es patentieren lassen, verpacken lassen . . .« Er zeigte auf das Werbematerial. »Und jetzt verkaufen Sie es in marktgerechter Aufmachung.«

Hammond schüttelte bedauernd den Kopf. »Sie geben uns nicht die Anerkennung, die wir verdient haben. Unsere Wissenschaftler haben Sachen gemacht, zu denen kein Mensch jemals zuvor fähig war.«

»Ihre Wissenschaftler hatten nur einen einzigen

Gedanken im Kopf«, widersprach der Mathematiker. »Sie wollten unbedingt herausfinden, was sie alles tun *können*. Aber sie haben keinen Gedanken daran verschwendet, was sie tun *sollten*. Die Wissenschaft ist in der Lage, Pestizide zu entwickeln. Aber sie sagt uns nicht, daß wir sie nicht benutzen sollten. Die Wissenschaft kann einen Atomreaktor entwickeln, aber sie kann uns nicht erklären, daß wir ihn besser nicht bauen sollten.«

»Aber was wir hier haben, ist die Natur!« ereiferte sich Hammond. »Warum sollten wir einer ausgestorbenen Art *keine* zweite Chance geben? Nehmen wir den Kondor! Ein Vogel, der kurz vor dem Aussterben ist! Hätte ich eine Kondor-Population auf der Insel entwickelt, würden Sie nichts dagegen sagen!«

»Moment!« entgegnete Malcolm. »Die Saurier waren keine Spezies, die durch das Abholzen von Wäldern oder durch den Bau von Staudämmen ausgerottet wurden. Dinosaurier *hatten* ihre Chance. Die Natur entschied, daß sie aussterben sollten.«

»Ihr Haltung ist die eines Maschinenstürmers. Das verstehe ich nicht. Sie sind doch Wissenschaftler! Wir haben Entdeckungen gemacht! Und da sollten wir nicht handeln?«

Malcolm ließ sich nicht überzeugen. »Was ist so großartig an Entdeckungen? Es ist ein gewalttätiger, besitzergreifender Akt, der bei dem Entdeckten tiefe Wunden und Narben hinterläßt. Was Sie Entdeckung nennen, nenne ich die Vergewaltigung der natürlichen Welt!«

Gennaro blickte hilfesuchend in die Runde. »Bitte! Wir möchten auch andere Meinungen hören! Dr. Grant? Dr. Sattler?«

Ellie übernahm es, als erste zu antworten. »Die Frage ist...«, begann sie nachdenklich, »... wieviel *können*

Sie über ein ausgestorbenes System wissen? Zum Beispiel gibt es Pflanzen, genau hier, in Ihrem Restaurant, die giftig sind. Sie haben sie ausgewählt, weil sie hübsch aussehen. Aber diese Pflanzen sind aggressive lebende Wesen, die keine Vorstellung davon haben, in welchem Jahrhundert sie leben. Und sie werden sich verteidigen. Gewalttätig, wenn es sein muß.«

Verärgert wandte sich Hammond an Dr. Grant.

Der Paläontologe machte einen bestürzten und verwirrten Eindruck – wie jemand, der die Orientierung verloren hatte.

»Dr. Grant!«, sagte Hammond beinahe flehentlich. »Wenn es einen Menschen gibt, der es zu schätzen weiß, was wir hier geschaffen haben . . .« Er sprach nicht weiter, denn er erwartete von Grant einfach, eben diesen Faden aufzunehmen.

Doch Alan sprach leise, sichtlich bewegt von allem, was er bis eben gehört hatte. »Ich fühle mich freudig erregt – auf der einen Seite. Aber andererseits empfinde ich auch Angst.« Er räusperte sich, um zu einer grundlegenden Erklärung anzusetzen. »Die Welt verändert sich so radikal. Wir haben alle das Gefühl, daß wir uns beeilen müssen, um mitzuhalten. Ich will jetzt noch keine Rückschlüsse ziehen, aber . . .« Er beugte sich vor, und ernste Besorgnis spiegelte sich in seiner Miene. »Dinosaurier und Menschen – das sind zwei Spezies, die durch fünfundsechzig Millionen Jahre der Evolution voneinander getrennt sind. Und jetzt sollen sie plötzlich zusammenkommen, in einem gemeinsamen Lebensraum, wenn auch nur hier auf der Insel. Wie können wir uns auch nur im entferntesten vorstellen, was wir zu erwarten haben?«

Hammond war entgeistert. »Ich kann es nicht fassen! Ich hatte erwartet, daß Sie herkommen würden, um mich gegenüber den Kapitalgebern zu verteidigen! Und was passiert? Der einzige, der auf meiner Seite steht, ist dieser Blutsauger von einem Rechtsanwalt!«

»Vielen Dank«, sagte Gennaro mit einfältigem Grinsen.

Von draußen war eine Autohupe zu hören.

»Ah!« rief Hammond erfreut. »Tim und Alexis sind da!«

»Wer?« fragte Grant.

4

John Hammond und seine Gäste verließen das Restaurant und durchquerten die Eingangshalle des Besucherzentrums. Dabei führte ihr Weg wieder an den riesigen Skeletten des Tyrannosaurus rex und des Brachiosauriers vorbei.

»Ihr vier . . .«, erklärte Hammond mit neu erwachter guter Laune, ». . . werdet draußen im Park ein bißchen Begleitung haben. Verbringen Sie ein wenig Zeit mit unserer Publikums-Zielgruppe. Vielleicht hilft Ihnen das, sich in die richtige Stimmung für Jurassic Park zu versetzen.«

»Von welcher Zielgruppe reden Sie?« fragte Alan Grant verwundert.

Statt einer Antwort wandte sich Hammond der Eingangstür des Besucherzentrums zu. Er kniete sich hin und breitete die Arme aus.

»Kinder!« rief er freudestrahlend.

Alans Kinn sackte abwärts. Er bekam den Mund nicht wieder zu, als er beobachtete, was passierte.

In der aufschwingenden Eingangstür erschienen ein Mädchen und ein Junge, und beide strahlten vor Freude, als sie den weißhaarigen Mann erblickten, der sie über alles in der Welt liebte. Alexis, das Mädchen, war zwölf Jahre alt und wurde meist nur Lex genannt. Tim sah so aufgeweckt und wißbegierig aus, wie es ein Junge von neun Jahren nur sein konnte.

»Grandpa!« riefen beide wie aus einem Mund.

Und dann rannten sie quer durch die Eingangshalle und ließen sich von ihrem Großvater in die Arme schließen.

Alan beobachtete die Szene mit sichtlichem Unbehagen. »Die fahren doch nicht etwa mit *uns*?« murmelte er.

Sein Unbehagen wuchs noch, als er Ellies Entzücken über die Kinder erkannte. Und zu allem Überfluß schienen auch Malcolm und Gennaro die beiden Kleinen zu mögen, die dem großen Paläontologen Dr. Alan Grant mehr Furcht einflößten als jeder Saurier. Davon war er jedenfalls überzeugt. Und allein die Vorstellung, länger als eine Minute in der Nähe dieser Bälger ausharren zu müssen, jagte ihm einen Schauer über den Rücken.

Als sie hinausgingen, freundete Ellie sich bereits mit Alexis an. Die Sympathie beruhte auf Gegenseitigkeit. Das Mädchen mit dem jungenhaft kurzen Haar schien Ellie von Anfang an ins Herz geschlossen zu haben.

Neben dem Besuchercenter öffnete sich das Tor einer unterirdischen Garage.

Nacheinander rollten zwei umgebaute Geländewagen vom Typ Ford Explorer heraus. Geschlossene Fahrzeuge waren es, die sich fast lautlos bewegten. Nur ein schwaches, elektronisch gesteuertes Summen war zu hören. Die Geländewagen folgten einer halb versenkten Metallschiene in der Mitte der Fahrbahn.

Die Wagen stoppten vor der Gruppe der Wartenden.

Gennaro lief sofort auf den ersten Wagen zu und stieg ein.

»Zeigen Sie ein Herz, Gentlemen«, sagte Hammond zu Malcolm und Grant. »Tim und Alexis brauchen ein wenig Abwechslung. Ihre Eltern lassen sich gerade scheiden.«

Die Fahrertür des ersten Wagens stand noch offen. Gennaro beugte sich heraus. »He! Hier ist kein Lenkrad!« Er rief es so aufgeregt, als hätte er einen entscheidenden Fehler entdeckt, der vor ihm noch niemandem aufgefallen war.

»Es sind Elektroautos!« antwortete Hammond. »Sie werden von einem Leitsystem in der Fahrbahn gelenkt! Sehr umweltfreundlich, abgesehen von den anderen Vorteilen! Sie sehen, ich habe keine Kosten gescheut! Viel Spaß jetzt! Ich werde mich im Kontrollraum aufhalten und Ihnen zusehen!«

Und ohne eine Antwort abzuwarten, drehte er sich um und ging wieder auf das Besuchercenter zu.

»Ich fahre mit Dr. Sattler!« verkündete Ian Malcolm eifrig-entschlossen. Und sofort ging er zu Ellie hinüber, als handelte es sich um die selbstverständlichste Sache der Welt.

Alan runzelte die Stirn. Diese Sache gefiel ihm überhaupt nicht. Er wollte Malcolm folgen, da bemerkte er Tim, der mit großen, bewundernden Augen zu ihm aufblickte.

»Ich habe Ihr Buch gelesen«, sagte der Junge.

»Oh.« Alan spürte, wie sich der Fluchtreflex in ihm auslöste. »Das ist – äh – großartig.« Er mußte weg von hier. Als eingefleischter Kinderhasser konnte er letzten Endes nicht über seinen Schatten springen. Etwas schmeichelhaft war es zwar, daß der Knirps behauptete, das Buch gelesen zu haben. Vielleicht hatte er es irgendwo im Schaufenster gesehen. Oder in einer Fernsehsendung, in der es besprochen worden war.

Aber gelesen ...?

Was hatte Ellie gesagt? *Kleine Erwachsene?* Okay. Konnten solche menschlichen Miniaturausgaben überhaupt kapieren, was ein ausgewachsener Paläontologe zu Papier gebracht hatte?

Weil Tim neben dem vorderen Wagen stand, machte Alan kurzerhand kehrt und strebte auf den zweiten Wagen zu.

Tim folgte ihm.

Und rief: »Glauben Sie wirklich, daß alle Dinosaurier zu Vögeln wurden? Und, daß das die Erklärung für das Aussterben der Dinos ist?«

»Nun ja, äh ...« Alan hörte sich stammeln und haßte sich dafür. »Ein paar Spezies – haben sich vielleicht – in dieser Richtung entwickelt.« *Verdammter kleiner Klugscheißer,* dachte er, *willst mich wohl beeindrucken, was? Aber das kann ja jeder. Sich irgendwas von irgendeiner Seite merken und dann den Schlauberger spielen, der wirklich alles gelesen hat!* Denkbar war auch, daß John Hammond seinem Enkel aus dem Buch vorgelesen oder darüber erzählt hatte.

Er öffnete die Fahrertür des zweiten Wagens und stieg ein.

Eine mechanisch klingende Lautsprecherstimme ertönte.

»Zwei bis vier Fahrgäste pro Wagen, bitte. Kinder unter zehn Jahren müssen von einem Erwachsenen begleitet werden!«

Tim war wie eine Klette. Als Alan den Jungen hinter sich spürte, kroch er geduckt weiter durch das Auto und schwang sich auf der anderen Seite wieder ins Freie.

Malcolm beobachtete es amüsiert.

Als Alan den Wagen vorn umrunden wollte, stolperte er fast über Tim.

Der Junge war an der Fahrerseite ausgestiegen und schnitt ihm den Weg ab.

»Ich finde nämlich ...«, nahm Tim den Faden ohne Umschweife wieder auf, »daß sie nun wahrhaftig nicht wie Vögel aussehen. Ich hab gehört, daß ein Meteor die Erde getroffen haben soll. Der hat dann mal eben einen Krater gemacht, hundert Meilen groß, irgendwo in Mexico oder so. Und deshalb sind die dann ausgestorben.«

»In welchem Wagen willst du mitfahren?« fragte Alan genervt.

Tim zuckte nur mit den Schultern. An solchen Nebensächlichkeiten schien er kein Interesse zu haben – jetzt, da er Gelegenheit hatte, einen so berühmten Wissenschaftler in ein Fachgespräch zu verwickeln.

Alan ging kurzentschlossen voraus, zum vorderen Wagen. Er öffnete die hintere Tür auf der Beifahrerseite und hielt sie für den Kleinen auf.

Bereitwillig kletterte Tim auf den Rücksitz und redete und redete.

»Dann hab ich über diese Sache in *Omni* gelesen. Über diesen Meteor, der so eine Hitze entwickelt hat, daß Diamanten zu Staub wurden. Und, daß sich dadurch das Wetter geändert hat, und daß die Saurier durch das Wetter gestorben sind. Und mein Lehrer hat mir von einem anderen Buch erzählt. Das hat ein Mann geschrieben, der Bakker heißt. Und der sagte ...«

Alan knallte die Tür zu und war froh, nichts mehr zu hören.

Er wandte sich eilends ab, strebte auf den hinteren Wagen zu ...

... und stieß fast mit Lex zusammen.

Das Mädchen deutete nach vorn, zu Ellie. »Sie sagt, ich soll mit Ihnen fahren, weil es gut für Sie wäre.«

Alan blickte nach vorn, zu Ellie, und gab sich keine Mühe, seinen Ärger zu verbergen. »Sie ist eine zutiefst neurotische Frau«, behauptete er.

Der Kontrollraum von Jurassic Park sah aus wie das Kontrollzentrum der Raumfahrtbehörde in Cape Canaveral. In dem Raum gab es eine Reihe von Computern und Dutzende Videomonitore, die Bilder von verschiedenen Dinosauriern zeigten – aufgenommen an verschiedenen Stellen im Park.

Im vorderen Teil des Raums befand sich eine große gläserne Karte der Insel. Mit verschiedenfarbigen Lichtern war die Karte ausstaffiert wie ein Weihnachtsbaum. Neben jedem Licht standen eine Nummer und ein Identifizierungscode.

Doch auch hier wurde auf den ersten Blick deutlich, daß noch längst nicht alle Arbeiten erledigt waren. Lose Kabel lagen herum. Baumaterial war verstreut. Leitern standen noch so da, wie sie zuletzt benutzt worden waren.

Die sechs anwesenden Techniker arbeiteten hektisch und angespannt. Jede Menge Einstellungen mußten in letzter Minute korrigiert werden.

John Hammond schlüpfte durch die Doppeltür herein. Robert Muldoon folgte ihm auf dem Fuße. Der Jagdaufseher hatte einen Packen Computerausdrucke bei sich.

»Der Nationale Wetterdienst hat die Front eines Tropensturms geortet«, sagte Muldoon. »Ungefähr fünfundsiebzig Meilen westlich von uns.«

Hammond seufzte und blickte zum Himmel. »Warum habe ich nicht in Orlando, Florida, gebaut?«

»Ich werde die Wetterlage im Auge behalten«, versprach Muldoon.

»Gut«, antwortete Hammond. »Tun Sie das.«

»Vielleicht wandert die Sturmfront rechtzeitig nach Süden ab, wie letztesmal.«

Sie erreichten den Haupt-Arbeitstisch, wo Ray Arnold saß, ein Mann um die Vierzig. Er trug Telefon-Kopfhörer und -Mikrofon. Arnold war der Technische Leiter von Jurassic Park; er machte sich ständig um irgend etwas Sorgen, und er war Kettenraucher. Ganz in seiner Nähe arbeitete ein weiterer Techniker, mit dem Rücken zu Arnold.

Hammond atmete tief durch. »Starten Sie das Besichtigungsprogramm, Ray.«

Arnold drückte einen Knopf auf seiner Arbeitsplatte.

»Jetzt haltet euch fest, Freunde«, sagte er.

Ruckend und mit einem dumpfen Laut setzten sich die beiden Ford Explorer auf ihrem elektrischen Pfad in Bewegung. Scheinwerfer und Rückleuchten waren eingeschaltet. In dem vorderen Wagen saßen Gennaro, Tim und Lex. Alan, Ellie und Malcolm folgten in dem anderen Wagen.

Das Besuchercenter blieb zurück.

Sie passierten zwei riesige, aus grobem Holz errichtete Tore. Fackeln brannten auf beiden Seiten der mächtigen Pfeiler. Die Tore schienen die Fahrzeuge regelrecht zu verschlucken, damit sie von der üppigen grünen Dschungelwelt aufgenommen wurden. Das elektronische Leitsystem brachte die Geländewagen auf den Weg.

In den Jurassic Park.

Im hinteren Wagen schmetterten Fanfaren aus den Lautsprechern, und auf dem Video-Bildschirm erstrahlte ein

Welcome to Jurassic Park!

Dann ertönte die Stimme eines bekannten Sprechers aus den Boxen:

»Willkommen im Jurassic Park! Sie dringen jetzt vor in die verlorengegangene Welt der prähistorischen Vergangenheit, eine Welt . . .«

Im vorderen Wagen hantierte Gennaro an dem komplizierten Video-Schaltpult herum, drückte wahllos und hektisch auf alle möglichen Knöpfe.

»Mit diesem Ding stimmt doch irgendwas nicht!« nörgelte er. »Warum ist denn kein Ton da?«

»Es ist eine interaktive CD-ROM«, erklärte Lex. »Sehen Sie, das funktioniert so: Sie berühren einfach die richtige Stelle auf dem Bildschirm . . .«

Sie führte es vor. Jedesmal, wenn sie ein anderes Feld der verschiedenen Grafiken berührte, wechselte der Sprecher das Thema – immer passend zu den Bildern, die dann auf dem Schirm erschienen.

». . . und er redet über das, was Sie gerade hören wollen«, schloß Lex ihren Bericht.

Der Sprecher war wieder zu hören:

». . . Kreaturen, die seit langem von der Oberfläche der Erde verschwunden sind. Sie, liebe Besucher, genießen das Privileg, diese Geschöpfe nun zum ersten Mal in Ihrem Leben zu sehen.«

»Lex ist ein Computer-Fan«, erklärte Tim.

Seine Schwester zog überlegen die Augenbrauen hoch.

»Ich bin eine Hackerin!« korrigierte sie ihren kleinen Bruder stolz.

Tim antwortete mit prustendem Gelächter.

Aus den Lautsprechern ertönte jetzt John Hammonds Stimme aus dem Kontrollraum.

»Übrigens – der Sprecher ist James Earl Jones! Wir haben keine Kosten gescheut.«

Gennaro strahlte.

Im hinteren Wagen ging Gennaro den drei Wissenschaftlern mit Durchsagen über das Videosystem auf die Nerven.

»Übrigens . . .«, quäkte die Lautsprecherstimme des Anwalts im Ton eines Mannes, der ein wohlgehütetes Geheimnis verriet. »Dies hier ist eine interaktive CD-ROM!«

Die Zäune und Umfassungsmauern des Parks waren bereits mit dichtem Grün überwachsen. Das war Absicht. Für die Besucher sollte die Illusion aufrechterhalten werden, durch einen echten, wildwuchernden Dschungel zu fahren.

Die beiden Wagen blieben auf einer Anhöhe stehen.

Eine Öffnung im Dickicht ermöglichte einen Blick über einen sanft abfallenden Hang, der von einem Fluß geteilt wurde.

Der Sprecher meldete sich wieder.

»Wenn Sie jetzt nach rechts blicken, werden Sie eine Herde der ersten Dinosaurier auf dieser Besichtigungsfahrt sehen. Die Tiere heißen Dilophosaurus.«

Tim und Lex drückten ihre Nasen an den Fensterscheiben platt, um etwas zu sehen.

Im hinteren Wagen taten Ellie, Alan und Malcolm das gleiche.

Am Fuß des Hanges, am Flußufer, gab es eine Menge farbenprächtiger und schön anzusehender

Pflanzen. Aber von irgendeiner Herde waren nicht einmal die geringsten Anzeichen zu erkennen.

Dennoch fuhr der Sprecher mit seinen Erläuterungen fort:

»Der Dilophosaurus gehört zu den frühesten Fleischfressern. Wie wir heute wissen, jagt er mit Hilfe von Gift. Er spuckt seine Beute damit an. Das betreffende Tier erblindet auf der Stelle und ist wenig später auch gelähmt. Das ermöglicht es dem Dilophosaurus, seine Beute in aller Ruhe zu verspeisen. Dieser Fleischfresser ist also eine wunderschöne, aber durchaus tödliche Attraktion im Jurassic Park.«

Musik wie aus einem Gruselfilm drang aus den Boxen.

»Aber da ist ja überhaupt nichts!« rief Tim im vorderen Wagen.

»Mist!« sagte Alan Grant im zweiten Wagen.

Die Wissenschaftler lehnten sich zurück, als die Geländefahrzeuge sich wieder in Gang setzten. Die Lichtkegel der Scheinwerfer glitten über das dunkle, dichte Grün des Dschungels. Obwohl es noch Tag war, herrschte auf dem Pfad im Dickicht teilweise fast völlige Dunkelheit, was durch das stellenweise undurchdringliche Blätterdach der Bäume zusätzlich hervorgerufen wurde.

Im Kontrollraum kontrollierte Ray Arnold gleichzeitig den Computer-Bildschirm und die Video-Monitore. So behielt er die beiden Ford Explorer auf ihrem Weg durch den Park im Auge.

Hammond blickte dem Technischen Leiter über die Schulter.

»Die Scheinwerfer der Wagen sind eingeschaltet, aber

sie reagieren nicht«, stellte Arnold fest. »Die Scheinwerfer sollten nicht von den Wagenbatterien gespeist werden.« Er seufzte. Um den Fehler zu notieren, griff er nach einem Klemmbrett, das unter der Arbeitsplatte hing. »Das ist Punkt einhunderteinundfünfzig auf der heutigen Fehlerliste. Wir haben all die Probleme eines großen Freizeitparks *und* eines großen Zoos – und der Computer steht noch nicht mal auf seinen Füßen!«

Hammond schüttelte den Kopf und wandte sich an den Techniker zu seiner Linken. Der Mann saß noch immer mit dem Rücken zu ihnen, sah eine Spielshow aus Costa Rica auf einem seiner Bildschirme und trank dazu eine Cola.

»Dennis«, sagte Hammond. »Unser Leben liegt in Ihren Händen, und es sieht so aus, als ob Sie zwei *linke* Hände haben!«

Der Techniker war ein massiger Mann. Er schwang mit seinem Schreibtischstuhl herum und streckte die Arme aus wie in Erlöserpose. Der Zweieinhalb-Zentner-Mann war jener Dennis Nedry, der in einem Straßencafé in Costa Rica die erste Hälfte seines Lohns erhalten hatte. In einem Koffer. In bar. Siebenhundertfünfzigtausend Dollar für eine Arbeit, die er erst noch zu tun hatte.

»Was ich tue, wird überhaupt nicht gewürdigt«, beklagte er sich. »Von diesem Raum aus können wir den ganzen Park mit minimalem Personalaufwand drei Tage steuern. Glauben Sie, so eine Automation ist einfach? Oder billig? Versuchen Sie mal, jemanden aufzutreiben, der acht Großrechner zu einem Netzwerk zusammensetzt und zwei Millionen Codierungs-Zeilen entschlüsselt – für das Geld, das ich hier kriege? Natürlich würde ich wirklich gern miterleben, wie Sie versuchen, jemanden zu finden!«

»Tut mir leid, daß Sie finanzielle Probleme haben«, entgegnete Hammond. »Tut mir wirklich leid. Aber es sind *Ihre* Probleme.«

»Sie haben recht, John.« Nedrys Stimme nahm einen bitteren Klang an. »Sie haben absolut recht. *Alles* ist mein Problem!«

»Dennis«, erwiderte Hammond scharf. »Ich lasse mich nicht noch einmal in ein Gespräch über finanzielle Angelegenheiten verwickeln. Das werde ich nicht tun. Ich mache Leuten keine Vorwürfe, wenn sie Fehler begehen. Aber ich verlange, daß sie dafür bezahlen.«

»Dennis!« sagte Arnold. »Die Scheinwerfer!«

»Ich werde das Besichtigungsprogramm durchchecken, wenn sie zurückkommen. Okay? Das wird allerdings eine Menge Speicherplatz auffressen. Könnte sein, daß Teile des Systems für eine Weile ausfallen . . .«

Muldoon, der die ganze Zeit um die Video-Monitore herumgeschlichen war, blieb abrupt stehen. »Ruhe!« rief er ärgerlich. »Ruhe, verdammt noch mal! Sie kommen jetzt zur Tyrannosaurus-Koppel!«

Die beiden Explorer fuhren einen Höhenzug entlang und stoppten am Rand einer weiten Ebene. Ein fünf Meter hoher Zaun trennte das Gelände von der Fahrbahn. Schilder mit der Aufschrift Danger! – Gefahr – waren in regelmäßigen Abständen an dem Zaun befestigt. Ebenso die Hinweise darauf, daß es sich um einen Elektrozaun handelte.

Die Wissenschaftler im zweiten Wagen konnten sehen, wie Gennaro und die beiden Kinder vor ihnen die Hälse reckten.

Alan, Ellie und Malcolm konnten es ebenfalls kaum

erwarten, den Tyrannosaurus zu sehen. Die Lautsprecherstimme redete weiter, doch keiner hörte mehr richtig hin.

»Der mächtige Tyrannosaurus erhob sich erst spät in der Geschichte der Dinosaurier. Dinosaurier beherrschten die Welt . . .«

»Würdest du das bitte ausschalten?« sagte Alan.

». . . hundertfünfzig Millionen Jahre lang, aber erst in den letzten . . .«

Die Stimme erstarb, als Ellie auf den Power-Schalter tippte.

Sie warteten stumm.

Dann begann Malcolm laut nachzudenken, den Blick zum Wagenhimmel gerichtet.

»Gott erschafft die Dinosaurier. Gott vernichtet die Dinosaurier. Gott erschafft den Menschen. Der Mensch erschafft den Dinosaurier.«

»Dinosaurier fressen Menschen«, vollendete Ellie seine Gedankengänge verschmitzt. »Frauen übernehmen alle Macht auf Erden.«

Malcolm stimmte in ihr Lachen ein. Sie erfreuten sich an ihrem gemeinsamen Scherz. Alan dagegen verdrehte die Augen. Für ihn gab es nichts Erfreuliches an solchen Albernheiten.

Ray Arnold, aus dem Kontrollraum, schaltete sich ein. Seine Stimme erscholl aus den Lautsprechern der beiden Wagen.

»Warten Sie. Wir werden versuchen, den T-Rex anzulocken.«

Mitten auf der Ebene entstand ein summendes Geräusch.

Ein Viereck im Boden öffnete sich, und ein kleiner, oben offener Käfig wurde hydraulisch ans Tageslicht gehoben. Die Gitterwände des Käfigs versenkten sich automatisch, und das Tier stand allein und zitternd in der Weite des Landes.

Eine Ziege.

Sie war angepflockt.

Verwirrt und suchend sah sie sich um.

Das sonst kecke Meckern der Ziege war nur noch ein dünner, klagender Laut.

Im vorderen Wagen waren die Reaktionen auf das Geschehen höchst unterschiedlich.

»Was passiert mit der armen Ziege?« rief Lex entsetzt. »Der Tyrannosaurus wird sie fressen, nicht wahr?«

»Natürlich!« sagte Tim begeistert, ohne den Blick von dem Ködertier zu wenden.

Lex schüttelte sich.

»Was ist los mit dir, Mädchen?« fragte Gennaro. »Hast du noch nie Lammkoteletts gegessen?«

»Zufällig bin ich Vegetarierin«, antwortete Lex spitz.

Im zweiten Wagen schüttelte Alan Grant den Kopf. »Der T-Rex will nicht gefüttert werden; er will *jagen*. Man kann nicht einfach einen Instinkt unterdrücken, der fünfundsechzig Millionen Jahre alt ist.«

In der Weite des Geländes zerrte die Ziege an ihrer Kette. Sie bewegte sich vor und zurück, zerrte mit aller Kraft, und schließlich ließ sie sich erschöpft zu Boden sinken.

Die Beobachter in den beiden Wagen waren enttäuscht.

Denn in diesem Moment setzten sich die Fahrzeuge schon wieder in Bewegung. Die Besichtigungstour wurde fortgesetzt.

Malcolm angelte sich das Funkmikrofon heran. »Wie sieht es aus?« fragte er. »Werden wir auf eurer

Dinosaurier-Besichtigungsfahrt irgendwann noch mal einen Dinosaurier zu sehen kriegen?«

Im Kontrollraum herrschte einen Moment lang Stille.

John Hammond preßte die Lippen zusammen. »Ich *kann* diesen Burschen einfach nicht leiden!« flüsterte er.

Für Alan Grant wurde die Fahrt unterdessen mehr und mehr zu einer Tortur. In diesem Elektrovehikel gefangen zu sein und nichts sehen zu können, war die reinste Strafe für ihn. Hinzu kam, daß er anhören mußte, wie Malcolm Ellie all dieses Zeug vorsülzte.

»Sehen Sie? Der Tyrannosaurus gehorcht keinen festgesetzten Verhaltensmustern oder Park-Regularien. Das ist das Wesen des Chaos.«

»Diese Sache mit dem Chaos begreife ich noch immer nicht«, gestand Ellie.

»Die Chaosforschung setzt sich ganz einfach mit der Unvorhersehbarkeit in komplexen Systemen auseinander. Ein Kurz-Beispiel dafür ist der Schmetterlings-Effekt. Ein Schmetterling kann in Peking mit den Flügeln schlagen, und im New Yorker Central Park gibt es Regen statt Sonnenschein.«

»Oh!« entfuhr es Ellie. Sie war noch verwirrter als vorher.

Alan, der auf der anderen Wagenseite aus dem Fenster spähte, sah eine verschwommene Bewegung am anderen Ende eines freien Geländestücks. Schlagartig saß er kerzengerade, um besser sehen zu können.

Um ein anderes Beispiel geben zu können, tauchte Malcolm die Hand in ein Glas Wasser, das in einer Halterung über dem Armaturenbrett ruhte. Er nahm Ellies Hand. »Hier! Sagen wir, ein Tropfen Wasser fällt auf Ihre Hand . . .«

Er schnippte mit den nassen Fingern, und tatsächlich fiel ein Tropfen auf Ellies Handrücken. Er hielt ihre Hand so, daß sie sich nicht bewegte.

»Wohin wird der Tropfen rollen?« fragte er. »Über welchen Finger? Den Daumen hinunter? Oder zur anderen Seite?«

»Hm – zum Daumen!«

»Falsch!« triumphierte Malcolm, als der Tropfen sich bewegte. »Sehen Sie, er läuft zu ihrem Handgelenk! Und wenn jetzt der nächste Tropfen fiele, würde das Ergebnis völlig anders sein. Weil es winzige Variationen gibt, die sich niemals wiederholen. Diese kleinen Unberechenbarkeiten sind es aber, die das Ergebnis beeinflussen. Zum Beispiel, welche Richtung die kleinen Haare auf Ihrem Handrücken gerade haben. Oder die Blutmenge, die in Ihren Adern pulsiert. Oder Unregelmäßigkeiten in der Oberfläche Ihrer Haut. *Das* ist Unvorhersehbarkeit! Und selbst wenn wir in diesem Park noch keine Anzeichen dafür entdeckt haben – das Unvorhersehbare findet auch hier statt!«

Da draußen *war* etwas.

Eindeutig.

Alan konnte sich nicht mehr bremsen. Er *mußte* sehen, was es war.

Hart ruckte er am Griff, und er öffnete die Tür einen Spalt. Er blickte nach draußen, wo er frei sein würde, wo er tun konnte, was er tun wollte. Dann sah er sich um, um festzustellen, ob ihn jemand beachtete.

Das war, verdammt, nicht der Fall.

Malcolm hielt Ellies Hand noch immer. Und jetzt senkte er die Stimme, gab ihr einen verführerischen Ton. »Das Leben hat sehr viel Ähnlichkeit mit dem Chaos, nicht wahr? Durch Zufall trifft man jemanden, dem man nie wieder begegnen wird, und schon ändert sich für einen der Kurs der gesamten Zukunft. Das ist dynamisch – aufregend . . .«

Alan stieß die Tür auf und sprang aus dem fahrenden Wagen.

Ellie fuhr erschrocken herum.

»Sehen Sie?« bemerkte Malcolm gelassen. »Ich habe schon wieder recht! Niemand hätte vorhersagen können, daß Dr. Grant plötzlich aus einem fahrenden Wagen springen würde.«

Ellie hörte nicht mehr hin. »Alan!« schrie sie voller Sorge.

Und sprang ebenfalls hinaus.

Sie folgte Grant auf das freie Gelände.

»Da haben wir das nächste Beispiel«, kommentierte Malcolm für sich allein.

Im vorderen Wagen wurde Tim als erster ungeduldig.

»Ich will auch raus!« rief er.

Im zweiten Wagen führte Malcolm sein Selbstgespräch weiter: »Siehst du? Und hier bin ich, mein eigener Gesprächspartner! Das ist die Lehre vom Chaos!«

Die Männer im Kontrollraum glaubten, ihren Augen nicht zu trauen.

Ungläubig starrten sie auf den Monitor, der ihnen das Irrsinns-Bild zeigte.

Nacheinander sprangen sie alle aus den Autos und folgten Grant ins Gelände.

Die Elektroautos fuhren langsam weiter – leer und mit offenstehenden Türen.

»O Gott!« flüsterte Arnold. »Mr. Hammond . . .«

»Stoppen Sie das Programm!« herrschte der Weißhaarige ihn an. »Stoppen Sie das Programm, verdammt noch mal!«

Arnold gehorchte.

Muldoon maß Hammond mit einem vorwurfsvollen Blick. »Ich habe Ihnen *gesagt*, daß wir ferngesteuerte Verriegelungen an den Türen brauchen würden.«

Ein paar Meter entfernt, im Kontrollraum, linste Dennis Nedry heimlich auf einen Monitor, der eine große Stahltür zeigte. Die Beschriftung der Tür war groß und trotz des etwas flauen Bildes gut zu lesen:

Embryonic Cold Storage
*Restricted!**

Nedry blickte auf einen anderen Monitor, der ein Etikett mit der Aufschrift »East Dock« trug. Das Bild zeigte ein Versorgungsschiff, das am Kai festgemacht hatte. Die Ladung wurde gelöscht. An Deck wimmelte es von Arbeitern.

Unter der Arbeitsplatte, wo niemand es sehen konnte, hielt Nedry etwas in der Hand.

Es war eine Spraydose mit Rasiercreme.

5

Sie liefen auf das freie Gelände hinaus, auf eine kleine Baumgruppe zu. Der Himmel begann sich zu verdunkeln, viel zu früh für die Tageszeit. Doch darauf achtete keiner von ihnen. Zu groß war ihre Spannung, und zu sehr fieberten sie darauf, endlich einen Saurier zu sehen.

Tim lief hinter Alan Grant her.

* Tiefgekühlte Lagerung von Embryos. Zutritt verboten!

»Also, wie ich gesagt habe!« keuchte der Junge. »Es gibt dieses andere Buch, geschrieben von diesem Bakker! Hat er *nicht* gesagt, daß die Dinosaurier an verschiedenen Krankheiten gestorben sind? Auf jeden Fall hat er aber nicht gesagt, daß sie sich in Vögel verwandelten!«

Gennaro schlotterten die Knie vor Angst, während er den anderen folgte.

»Äh . . .«, rief er. »Ist vielleicht sonst noch jemand der Meinung, daß wir nicht hier draußen sein sollten?«

Keiner antwortete.

»Und das Bakker-Buch ist viel dicker als Ihres!« schnaufte Tim.

»Wer meiner Meinung ist, der möge sich melden!« versuchte es Gennaro verzweifelt. »Halten Sie mit Ihrer Meinung nicht hinter dem Berg!«

Aber auch diesmal reagierte niemand.

Lex stolperte. Alan ergriff ihre Hand gerade noch rechtzeitig, um sie vor dem Hinfallen zu bewahren. Sie blickte zu ihm auf und lächelte.

Alan erwiderte ihr Lächeln und versuchte, seine Hand zurückzuziehen. Doch Lex hielt ihn fest. Er fühlte sich erkennbar unbehaglich.

Ellie beobachtete jede Einzelheit.

Es gefiel ihr, was sie sah.

In der nächsten Sekunde prallten sie alle zurück.

Alan und Tim, die ganz vorne standen, erholten sich als erste von dem Schreck.

»Cool!« riefen beide wie aus einem Mund.

Bei den anderen dauerte es etwas länger.

Der Anblick war einfach überwältigend.

Ein riesiger Körper, graubraun und schuppig, rauh wie ein Panzer.

Er lag auf der Seite.
Und röchelte.
Das war das Unerwartete.
Sie hatten damit gerechnet, ihren ersten Saurier hochaufgerichtet und in bedrohlicher Größe zu erleben. Statt dessen begegneten sie einem Vertreter der Urzeit in wenig majestätischer Pose. Eher kläglich und mitleiderregend sah er aus – für die, die ihn kannten. Das waren an erster Stelle Alan und Tim. Die beiden wußten natürlich sofort Bescheid.
Es war ein Triceratops.
Dieser pflanzenfressende Saurier war vom Körperumfang her fast so groß wie ein Elefant, aber nicht sehr hoch. Er hatte kurze, plumpe Beine und einen riesigen Kopf mit drei Hörnern. Zwei dieser Hörner, so lang wie der Arm eines Menschen, befanden sich links und rechts über den Augen. Das dritte, kleinere Horn ragte vorn aus der Nase auf. Über dem Kopf des Tiers erhob sich ein mächtiger, muschelförmiger Schild, wie die übriggebliebene Hälfte einer Halskrause. Der Rand dieses Schilds war mit furchterregenden Hornspitzen besetzt, von denen jede die Größe einer Männerfaust hatte.
Der Triceratops gehörte zu den harmlosen, liebenswürdigen Sauriern.
Ein großes, schwerfälliges Tier, das den ganzen Tag nichts anderes tat, als den Boden nach Gräsern und anderen Pflanzen abzugrasen.
Dieses ziemlich große Exemplar der Dreigehörnten blies bei jedem röchelnden Ausatmen eine kleine Staubwolke auf. Ansonsten rührte sich der Bursche nicht. Dort, wo er zu Boden gesunken war, hatte er das hohe Gras plattgewalzt.
»Ich habe Angst!« jammerte Lex.

»Natürlich«, sagte Tim verächtlich. »Es gibt ja nichts, wovor du *keine* Angst hast.«

Furchtlos lief er auf das mächtige Tier zu, um es aus der Nähe zu betrachten.

Donald Gennaro war zurückgewichen. Er klammerte sich an einen Baum, beobachtete das Geschehen mit angstgeweiteten Augen. Durch nichts in der Welt würde er zu bewegen sein, sich dem Monstrum auch nur einen Schritt weiter zu nähern.

»Hi!« sagte eine Stimme, als Tim den Saurier erreichte.

Eine sehr menschliche Stimme. Hm. Dr. Grant mochte zwar die Meinung vertreten, daß die Saurier vor fünfundsechzig Millionen Jahren zu Vögeln mutiert waren. Aber daß ein Triceratops in der Lage sein sollte, einen Menschen nachzumachen wie ein Papagei, war wohl doch höchst unwahrscheinlich. Schließlich hatte es zu Lebzeiten dieses Brockens ja noch gar keine Menschen gegeben.

Zu Lebzeiten?

Dieser hier lebte *jetzt*. Heute. In der Gegenwart von Menschen. Tim vermochte sich nicht auszumalen, was das bedeutete, welche Konsequenzen das haben konnte. Er spürte aber, daß die Kluft von fünfundsechzig Millionen Jahren Ungeheures bedeuten konnte. Unfaßbares.

Die Stimme *war* menschlich. Sie gehörte einer Frau.

Gerry Harding, fünfzig Jahre alt, war Tierärztin in Jurassic Park. Sie hockte neben dem Riesentier am Boden.

»Es ist in Ordnung!« rief sie. »Sie können näher kommen. Muldoon hat sie für mich betäubt. Sie ist krank.«

Alan und Ellie gingen auf das Tier zu, beinahe wie

benommen. Ellie ergriff Alans Arm. »Ein wirklicher, lebender und atmender Triceratops!« stieß sie hervor. »Verstehst du, was ich meine? Verstehst du es?«

Alan nickte. »Dieser Bursche war mein Lieblings-Saurier, als ich Kind war.« Er ging neben dem mächtigen gehörnten Kopf in die Knie und streichelte ihn. »Und er ist es noch immer!« Er zog die Augenbrauen hoch, als ihm etwas auffiel. Seine jungenhafte Begeisterung wich berufsmäßiger Neugier.

Die Zunge des Tiers war dunkelrot und hing schlaff aus dem zahnlosen Maul.

»Ellie, sieh dir das an!« sagte Alan.

Ellie war vor dem Nasenhorn niedergekniet. Ohne Scheu berührte sie die Schnauze des Tiers und beugte sich hinüber.

»Mikrovesikel*«, stellte sie fest. »Das ist interessant.« Sie kratzte mit dem Fingernagel über die Zunge. Eine klare Flüssigkeit lief aus den aufplatzenden Bläschen. »Was sind ihre Symptome?« fragte sie die Tierärztin.

»Gleichgewichtsstörungen, Orientierungslosigkeit und Atemnot«, antwortete Gerry Harding. »Wie es aussieht, kriegt sie das ungefähr alle sechs Wochen.«

»Darf ich?« fragte Ellie und wies auf die Bleistiftlampe der Veterinärin. Gerry Harding gab ihr die Lampe mit einem bereitwilligen Lächeln. Ellie leuchtete in das Auge des Tiers.

Unterdessen wanderte Tim staunend um den Saurier herum, und er schlug einen Bogen um das gewaltige Hinterteil. Lex zog es unterdessen vor, in der Nähe der Erwachsenen zu bleiben. Das röchelnde Riesenwesen flößte ihr noch immer Furcht ein.

* Bläschen

»Hat das Betäubungsmittel pupillare Effekte*?« erkundigte sich Ellie.

»Ja. Es wirkt miotisch**. Die Pupillen müßten sich zusammengezogen haben.«

»Aber diese Pupillen haben sich erweitert!«

»Wirklich?« rief die Tierärztin. Sie überzeugte sich. »Das darf nicht wahr sein!« sagte sie verblüfft.

»Es sieht nach Vergiftungserscheinungen aus«, mutmaßte Ellie. »Vielleicht etwas, das von den Pflanzen ausgeht, die hier wachsen.« Sie wandte sich um und suchte die Landschaft in der Umgebung mit Blicken ab. Sie leistete angestrengte Gedankenarbeit, checkte die Eigenschaften jeder einzelnen Pflanze durch, die sie sah.

Schließlich zeigte sie auf eine Stelle in der üppigen Vegetation. »Ist das westindischer Flieder?«

»Ja«, antwortete die Tierärztin. »Wir wissen, daß der giftig ist. Aber die Tiere fressen nicht davon.«

»Sind Sie sicher?«

»Ziemlich sicher.«

»Es gibt nur eine Möglichkeit, es genau festzustellen«, sagte Ellie entschlossen.

Im Kontrollraum machte sich Unbehagen breit. John Hammond und Ray Arnold beobachteten die Video-Monitore mit wachsender Besorgnis. Neben dem Geschehen im Park, mit Gerry Harding und dem betäubten Triceratops, war es jetzt ein anderer Monitor, der für die Männer im Mittelpunkt des Interesses stand.

Der Bildschirm zeigte einen Uferabschnitt der Insel.

* Auswirkungen auf die Pupille
** pupillenverengend

Und einen Ausblick auf den Ozean.

Die Wolken schoben sich vom Horizont herauf.

Fast schwarze Wolken.

Eindeutige Anzeichen eines tropischen Sturms.

»Das Sturmzentrum hat sich nicht aufgelöst«, sagte Arnold. »Und es hat auch nicht die Richtung geändert. Ich würde die Besichtigungstour gern beenden. Wir könnten dann morgen da fortfahren, wo wir heute aufgehört haben.«

»Sind Sie sicher, daß das sein muß?« zweifelte Hammond.

»Es hat keinen Sinn, ein unnötiges Risiko einzugehen, John.«

Hammond nickte nach einem Moment des Überlegens. »Okay. Sagen Sie es ihnen, wenn sie wieder in die Wagen steigen.« Der weißhaarige Mann atmete tief durch. »Mist!« murmelte er. Es gefiel ihm nicht, daß sich die Tour der Wissenschaftler verzögern sollte. Er hätte es gern zügig über die Bühne gebracht.

In einer entfernten Ecke des Raumes starrte Dennis Nedry auf *seinen* Monitor.

Das Bild zeigte das Versorgungsschiff am Kai. Nedry hatte die Kopfhörer übergestülpt. Er telefonierte mit dem Maat, dessen Umrisse – an Deck – ebenfalls auf dem Monitor zu erkennen waren. In der Umgebung des Schiffsanlegers war die See bereits deutlich rauher geworden.

»Wir haben hier keinen sicheren Liegeplatz«, sagte der Maat. »Dies ist kein Hafenbecken. Es gibt keinen Wellenbrecher. Wir werden ablegen müssen, sobald der letzte Decksmann wieder an Bord ist.«

»Nein!« sagte Nedry halblaut. »Nicht bevor die Leute von der Besichtigungstour zurückkommen. Halten Sie sich an den Plan!«

»Das ist der größte Haufen Scheiße, den ich jemals gesehen habe«, stellte Dr. Ian Malcolm fest.

Er hatte sich zu den anderen gesellt. Sie standen im Halbkreis vor einem hüfthohen Hügel, den Exkrementen des Triceratops. Ein Schwarm blauschillernder Fliegen summte über dem Hügel.

Der Himmel war dunkler geworden, aber niemand achtete darauf.

Ellie hatte Plastikhandschuhe übergestreift, die bis über die Ellenbogen reichten. Ohne mit der Wimper zu zucken, wühlte sie mit der Hand in dem Haufen herum. Schließlich zog sie die Hand heraus und wandte sich an Gerry Harding. »Sie hatten recht. Keine Spur von Fliederbeeren. Trotzdem ist es merkwürdig. Dieses Tier zeigt alle klassischen Anzeichen einer Vergiftung.« Sie unterbrach sich, während sie die Handschuhe abstreifte. Dann dachte sie laut nach: »Alle sechs Wochen . . .«

Gedankenverloren schlenderte sie ein paar Schritte weit auf das offene Gelände hinaus. Sie hielt das Kinn mit der Hand, und es war ihr anzusehen, daß sie intensive geistige Arbeit leistete.

Malcolm beobachtete sie. Dann blickte er zurück auf den Dung. Nach einem Moment wandte er sich an Grant. »Sie kann sich so richtig in eine Sache verbeißen, stimmt's?«

»Sie haben keine Ahnung«, entgegnete Alan nur.

»Waschen Sie bloß Ihre Hände«, rief Malcolm in Ellies Richtung, »bevor Sie nachher was essen!«

Dennis Nedry arbeitete fieberhaft. Der schwergewichtige Mann verlor jedoch keinen Sekundenbruchteil den Überblick über das, was er tat. Über das Keyboard seines Computers gebeugt, tippte er Serien von Kommandos in das Tastenfeld. Dabei ließ er die Augen in kurzen Zeitabständen so unauffällig wie möglich nach beiden Seiten wandern.

Niemand beobachtete ihn.

Gut so.

Und niemand konnte sehen, was sich auf dem Bildschirm seines Computers tat. Mit seinem Lebendgewicht füllte Nedry genügend Raum aus, um den Bildschirm vollständig zu verdecken.

Eine Comic-Hand war auf dem Schirm damit beschäftigt, eine Uhr aufzuziehen. Die Hand schob den kleinen Zeiger der Uhr auf die Zwölf. Gleichzeitig drehte sie das Zifferblatt nach vorn.

Es hatte ein grünes Dollarzeichen in der Mitte.

Ein Wort in großen Buchstaben flammte auf den Bildschirm.

Das Wort stand in einem Rahmen aus alarmierendem Rot.

Das Wort lautete: *Execute!**

Mittlerweile hatte sich der Himmel stark verdüstert. Die Vorboten eines Wetterumschwungs waren nicht mehr zu übersehen. Doch die kleine Gruppe von Menschen im freien Gelände wollte davon noch keine Notiz nehmen.

Im Mittelpunkt ihres Interesses stand noch immer der kranke Dinosaurier.

Nichts konnte ihre Gedanken davon ablenken, über die Ursachen der Krankheit nachzugrübeln. Für Tim

* Ausführen!

war es selbstverständlich, daß auch er sich an den Nachforschungen beteiligte.

Er war zur Rückseite des Sauriers gepirscht. Nachdenklich betrachtete er einen Haufen sanft gerundeter Gesteinsbrocken. Er nahm einen davon auf und sah ihn sich stirnrunzelnd aus der Nähe an.

Ellie, Alan und Ian Malcolm hatten sich vor dem Kopf des Tiers versammelt. Trotz angestrengter Überlegungen waren sie noch immer nicht zu einem Ergebnis gelangt.

»Irgendwas mit dieser Sechs-Wochen-Periode ergibt keinen Sinn«, meinte Alan.

Tim machte auf sich aufmerksam, indem er den Felsbrocken hochhielt. Sein Ruf klang etwas zaghaft, fast schüchtern: »Diese Dinger hier habe ich irgendwo schon mal gesehen!«

»Der Triceratops gehörte zu den Sauriern, die ständig grasten«, resümierte Alan. »Und als ständiger Graser mußte er ständig krank sein, nicht nur alle sechs Wochen!«

»Ich kenne Bilder von diesen Dingern!« rief Tim.

Alan reagierte nur widerstrebend darauf. »Woher?« fragte er unwillig.

»Mhm – aus Ihrem Buch«, antwortete der Junge.

Alan verdrehte die Augen.

Doch Ellie lief hinüber und untersuchte die Steine. Schon in der nächsten Sekunde leuchteten ihre Augen auf.

»Steine aus dem Muskelmagen!« rief sie.

Alan und Ian Malcolm waren mit wenigen Schritten an Ort und Stelle. Ellie und Alan sahen sich entgeistert an. Und wie immer, wenn sie aufgeregt waren, redeten sie in hastigen, abgehackten Sätzen, die sich ergänzten:

»Ellie, das erklärt die Sechs-Wochen-Perioden und den – den . . .«

». . . den unverdauten Zustand der Fliederbeeren, weil es . . .«

». . . zu der Freßprozedur gehört.«

»Wovon reden Sie?« fragte Tim verwundert.

Ellie wandte sich ihm zu. »Es ist ganz einfach. Einige Tiere, die keine Zähne haben . . .«

»Wie Vögel, zum Beispiel«, warf Alan ein.

»Richtig«, nickte Ellie. »Wie Vögel.«

»Sie verschlucken Gesteinsbrocken«, erklärte Alan. »Und die bleiben dann in einem Muskelsack ihres Magens liegen . . .«

». . . den man auch Muskelmagen nennt«, ergänzte Ellie. »Damit bewegen sie die Steine und mahlen so ihr Essen zu Brei. Aber was dann passiert . . .«

Malcolm und Gennaro wechselten einen Blick. Wem von diesem ungewöhnlichen Paar sollte man zuerst zuhören? Sich auf beide gleichzeitig zu konzentrieren, war bisweilen nicht gerade leicht.

». . . nach einer Weile, ungefähr alle sechs Wochen«, nahm Alan den Faden auf, mit dem Ellie begonnen hatte, ». . . sind die Steinbrocken glattgescheuert. Dann erbricht das Tier sie . . .«

»Es würgt die Steine heraus«, erläuterte Ellie für Tim.

»Und anschließend verschlingt es neue Steine, mit rauhen Kanten«, sagte Alan.

»Und wenn es das tut . . .«, rief Ellie im Triumph der Erkenntnis, ». . . schluckt es auch die giftigen Fliederbeeren mit hinunter.« Beeindruckt strich sie dem Jungen über das Haar. »Gute Arbeit, Tim.«

Sie blickte Alan herausfordernd an. Tim blickte zu seinem Idol Dr. Grant auf und lächelte erwartungsvoll.

Doch Alan brummte nur beiläufig. Ihm eilte der Ruf voraus, daß er nicht so leicht zu überzeugen war. Dabei wollte er es belassen. Vor allem Kindern gegenüber. Du lieber Himmel, er konnte doch nicht zugeben, daß ein Dreikäsehoch auf seinem und Ellies Fachgebiet einen maßgeblichen Beitrag geleistet hatte!

Der Himmel hatte sich noch mehr verdunkelt. Erstes Donnergrollen war zu hören. Eine Bö fuhr rauschend durch die Baumkronen in der Nähe.

Gennaros Angst verdoppelte sich. Es waren nicht mehr nur die Saurier, die er fürchten mußte. Jetzt, das konnte jedes Kind voraussagen, würde auch noch ein Unwetter über sie hereinbrechen. Er stampfte mit dem Fuß auf. »Doctores!« rief er ungeduldig. »Wenn ich bitten darf! Ich muß darauf bestehen, daß wir weiterfahren!«

»Wenn wir noch etwas Zeit haben . . .«, sagte Ellie, »würde ich gern bei Dr. Harding bleiben und die Sache mit dem Trice zu Ende bringen.«

»Kein Problem«, nickte Gerry Harding, an den Rechtsanwalt gewandt. »Ich habe einen Jeep mit Benzinmotor. Ich kann sie beim Besuchercenter absetzen, bevor ich mit den anderen zum Schiff fahre.«

»Okay«, sagte Ellie erfreut. »Dann fahr schon los, Alan!«

»In Ordnung«, nickte er.

Ein Blitz zuckte aus dem blauschwarzen Himmel herab. Schmetternder Donner folgte nahezu auf der Stelle.

»Jetzt aber!« rief Gennaro.

Sie liefen los.

Alan drehte sich um und folgte den anderen. Nur Lex war bei ihm.

Ellie und Dr. Harding gingen zurück zu dem Triceratops, der dabei war, das Bewußtsein zurückzuerlangen.

Als Alan die Baumgruppe erreichte, blieb er stehen und drehte sich um, damit er Ellie noch einmal sehen konnte. Er hob die Hand, um zu winken. Aber Ellie bemerkte ihn nicht, denn sie war in die entgegengesetzte Richtung gewandt. Verschämt ließ er die Hand sinken, wandte sich um und ging in das Waldstück hinein.

In eben diesem Moment drehte sich Ellie um und winkte ihm. Doch er sah es nicht mehr, weil nun er ihr den Rücken zuwandte.

Auf diese Weise verabschiedeten sie sich voneinander.

Als die Männer und die Kinder sich den Fahrzeugen näherten, klatschten die ersten Regentropfen auf Windschutzscheiben und Karosserieblech. Es waren große, fette Regentropfen. Beim Aufprall rissen sie winzige Staubwolken hoch.

Es würde ein höllischer Sturm werden.

John Hammond und Ray Arnold starrten auf die Video-Monitore.

»Ich habe jetzt eine Rückwärtsroute im Programm gefunden«, sagte Arnold. »Ich werde die Wagen umkehren lassen, sobald sie die nächste Haltebucht erreichen. Da gibt es eine Wendeschleife.«

»Verdammtes Pech, dieser Sturm.« Hammond machte ein sorgenvolles Gesicht. »Würden Sie bitte meine Enkelkinder ans Funkgerät holen? Ich möchte nicht, daß die beiden sich ängstigen, weil es ein bißchen regnet.«

Arnold nickte und griff nach dem Handmikrofon.

Auf der anderen Seite des Kontrollraums kämpfte Dennis Nedry vergeblich gegen seine wachsende Nervosität an. Schweißtropfen bildeten sich auf seiner Oberlippe. Er konnte den Blick nicht vom Monitor lösen. Beinahe beschwörend starrte er auf den Bildschirm. Dabei wußte er nur zu gut, daß er das Geschehen dort draußen nicht beeinflussen konnte. Telepathie funktionierte nur in Fernseh-Shows, komischerweise.

Das Versorgungsschiff wurde von immer höheren Wellen gepackt.

Meterhoch stieg es am Kai auf und sackte dann wieder ab. Die Taue wurden auf eine Belastungsprobe gestellt. Der Maat, mit dem Nedry erneut telefonierte, war auf dem Monitorbild zu erkennen.

»Ich kann nichts machen!« beteuerte der Mann. »Wenn der Kapitän sagt, wir *stechen* in See, dann stechen wir in See!«

»Geben Sie mir fünfzehn Minuten!« flehte Nedry.

»Kann ich nicht versprechen.«

»Ich werde in zehn Minuten da sein!« Nedry knallte den Hörer auf die Gabel, etwas lauter als beabsichtigt.

Ray Arnold tippte auf eine Taste des Keyboards. »Die Besichtigungs-Fahrzeuge sind auf dem Rückweg zur Garage«, meldete er.

»So weit unsere erste Besichtigungstour«, seufzte Hammond. »Zwei Fehlanzeigen und ein kranker Triceratops.«

»Es hätte schlimmer kommen können, John. Es hätte viel schlimmer kommen können.«

Hinten stand Dennis Nedry auf.

Ihm zitterten die Knie, und einen Atemzug lang war ihm, als würden seine Beine sein Gewicht nicht tragen. Er strengte sich höllisch an, um so gelassen und gelangweilt auszusehen wie sonst.

»Möchte jemand eine Coke?« rief er.

Hammond und Arnold schüttelten die Köpfe.

Nedry ging auf die Tür zu. Nach ein paar Schritten kehrte er zurück, weil ihm etwas eingefallen war. Das war derart einstudiert, daß es jedem auf Anhieb aufgefallen wäre. Nur blickten Hammond und Arnold gerade nicht herüber.

»Ach, übrigens . . .«, rief Nedry. »Mit den Telefonprogrammen bin ich fertig. Alles durchgecheckt. Keine Fehler mehr. Aber das System baut sich jetzt wieder auf. Das dauert achtzehn Minuten. In der Zeit kann sich das eine oder andere Untersystem aus- und wieder einschalten.«

Hammond und Arnold nickten geistesabwesend. Ihre Aufmerksamkeit galt ausschließlich den Monitoren, die die Bilder aus dem Park lieferten.

Nedry wandte sich ab, streckte den Arm aus. Mit der Kuppe des Zeigefingers berührte er eine Option auf dem Bildschirm. Die Buchstaben flammten:

Execute!

Gleichzeitig drückte er den Startknopf einer digitalen Stoppuhr, die er in der anderen Hand hielt. Auf dem Computer-Bildschirm erschien eine digitale Zeitangabe, die von sechzig Sekunden abwärts zu ticken begann. Auch eine musikalische Untermalung der Uhrzeit ertönte.

Der Regen trommelte auf Dächer und Motorhauben der Explorer. Es war jetzt vollends dunkel geworden. Das Summen der Elektromotoren ging im Lärm des Regens unter. Ein tropischer Sturm peitschte die Baumwipfel. Immer wenn eine Bö sich den Weg bis zum Boden des Dschungels bahnte, verwandelte sich der

Regen in einen weißfaserigen, undurchdringlichen Vorhang, der wie von unsichtbaren Fäusten hin und her geschlagen wurde.

Die elektrifizierten Geländewagen kamen auf ihrer vorgegebenen Spur nur langsam voran.

Im hinteren Wagen waren Grant und Malcolm allein. Gedankenverloren spähte Grant durch die Windschutzscheibe. Er sah kaum etwas. Das Scheinwerferlicht war ein milchiger Schleier, und die Scheibenwischer kämpften einen vergeblichen Kampf gegen die herabrauschenden Wassermassen.

»Haben Sie Kinder?« fragte Grant.

»Ich?« entgegnete Malcolm. »Zum Teufel, ja! Drei!« Seine Augen leuchteten. »Ich liebe Kinder. Sie verkörpern das reine Chaos. Jederzeit kann alles Mögliche und Unmögliche passieren.« Er zog eine Taschenflasche aus dem Jackett und schraubte den Verschluß auf. Seine Miene verdüsterte sich. »Das gleiche gilt allerdings auch für Frauen – was das Chaos betrifft.«

»Sind Sie verheiratet?«

»Gelegentlich. Ich bin immer auf der Suche nach einer zukünftigen Ex-Mrs. Malcolm.«

In der Befruchtungsabteilung wartete Dennis Nedry vor der silbern schimmernden Tür mit der Beschriftung:

Embryonic Cold Storage.

Er blickte auf die Stoppuhr in seiner Hand und zählte: ». . . zwei – eins . . .«

Auf den Schlag genau erlosch die Beleuchtung der Tafel für das Sicherheits-Verriegelungssystem. Die Tür öffnete sich mit einem klackenden Geräusch.

Nedry eilte in den Tiefkühlraum. Er öffnete den Boden der Rasiercreme-Dose. Drinnen waren mit Schlitzen unterteilte Fächer zu erkennen. Nedry steuerte auf ein Regal mit Dutzenden dünner Glasplättchen zu. Ein Schild warnte:

*Viable Embryos – Handle With Extreme Care!**

Nedry nahm ein Glasplättchen nach dem anderen aus dem Regal. Die Plättchen waren mit kleinen Etiketten versehen.

Stegosaurus
Apatosaurus
Tyrannosaurus rex

Nedry verstaute die Glasplättchen sorgfältig in den Schlitzen der gekühlten Dosenfächer.

Ray Arnold blinzelte verwundert seinen Computer-Bildschirm an. Glutrote und blaue Zeilen blinkten abwechselnd.

»Das ist merkwürdig«, sagte Arnold.

Hammond trat hinter ihn. Gleich darauf auch Robert Muldoon.

»Was bedeutet das?« fragte Hammond.

»Die Tür-Sicherheitssysteme haben sich abgeschaltet.«

»Na ja«, entgegnete Hammond leichthin. »Nedry hat doch gesagt, daß ein paar Programme vorübergehend off-line gehen, nicht wahr?«

* Lebende Embryos – gehen Sie besonders vorsichtig damit um!

Der Video-Bildschirm in der Mitte der Konsole erlosch plötzlich, wurde schwarz. Alan Grant und Ian Malcolm nahmen es nicht zur Notiz. Ian gab Alan die Taschenflasche und setzte das Gespräch fort.

»Übrigens . . .«, begann der Mathematiker zögernd, ». . . Dr. Sattler ist nicht zufällig noch – äh – zu haben?«

»Warum?« entgegnete Alan trocken.

»Oh, tut mir leid. Sie beide sind – äh . . .?«

»Nein. Ja.«

»Welches von beiden?«

Jäh stoppte der Wagen.

Die Fahrzeugbeleuchtung und auch die Lichter am Rand der Route erloschen.

Tiefschwarze Finsternis umgab die beiden Männer.

Alan zuckte zurück, glaubte, daß er dem Steuerungssystem zu nahe gekommen war.

»Was habe ich berührt?« rief er erschrocken.

Im vorderen Wagen traf Tim eine kategorische Feststellung:

»Blackout. Nichts geht mehr.«

Es schien ihm Spaß zu machen.

Nedrys Jeep rauschte durch die Pfützen und durch den strömenden Regen – auf die riesigen Tore zu, die in den Jurassic Park führten. Er stoppte vor dem inneren Tor, sprang aus dem Wagen und hastete nach vorn, so schnell es sein massiger Körper zuließ. Innerhalb von Sekunden war er bis auf die Haut durchnäßt. Er spürt es kaum. Eineinhalb Millionen Dollar machten eine Menge mehr erträglich. Keuchend erreichte er die Kontrolltafel an der Seite eines der Betonsockel. Er betätigte einen Schalter, und das Verriegelungssystem der

Tore klickte auf die Stellung »Unlocked« – unverschlossen.

Er lief zurück zum Wagen. Klitschnaß wie er war, schwang er sich hinter das Lenkrad. Langsam ließ er den Jeep anrollen und schob die Torflügel mit der Stoßstange auf, gerade so weit, daß er hindurchfahren konnte.

Mit aufbrüllendem Motor jagte er in die finstere Tiefe des Parks hinein.

Ray Arnold konnte es nicht mehr glauben. Eine Zeile nach der anderen verabschiedete sich von seinem Bildschirm. Fassungslos stierte Arnold auf das Flimmern. Dies hier war von einem normalen Programmablauf so weit entfernt wie Havanna von New York. Was hier lief, war mit normalen Fehlerquellen nicht mehr zu erklären.

Was hier lief, war eine Riesenschweinerei.

»Verdammt, verdammt!« fluchte der Technische Leiter. »Hölle und Teufel, das darf doch nicht wahr sein!«

»Was ist *jetzt* los?« fragte Hammond bestürzt.

»Die Zäune versagen! Überall im Park!« Arnold gestikulierte wild. »*Das eine oder andere Untersystem,* hat er gesagt! Und jetzt so was! Wir kriegen hier eine mittelgroße Katastrophe, sage ich Ihnen! Wenn wir nicht . . .«

Harte Linien des Zorns entstanden in Hammonds Gesicht. Er kreiselte herum. »Suchen Sie Nedry!« rief er Muldoon zu. »Checken Sie die Systeme draußen!«

Der Jagdaufseher bestätigte mit einem Handzeichen, daß er wußte, was zu tun war. Er vollführte eine schneidige Kehrtwendung und wollte auf den Ausgang zu.

In diesem Moment erloschen alle Monitore des Kontrollraums mit einem kurzen Zischlaut.

Die drei Männer standen wie erstarrt, sahen sich an. Die Anspannung, unter der sie schlagartig standen, war geradezu körperlich spürbar.

»Nehmen Sie Nedrys Terminal!« entschied Hammond, an Arnold gewandt. »Bringen Sie alle Programme wieder in Gang! Er kann mit der Fehlersuche später weitermachen. Es ist mir verdammt egal!«

Arnold nickte, stieß sich mit dem Schreibtischsessel vom Arbeitspult weg. In dem Sessel rollte er hinüber zu Nedrys Haupt-Terminal. Mit einer Armbewegung fegte er all den herumliegenden Kram von Nedrys Arbeitsplatte weg: Reste von Hamburgern, Cheeseburgern, Hot Dogs, eine fast leere Pralinenschachtel, Mineralwasserdosen und Hochglanz-Farbfotos. Letztere waren herausgerissene Seiten aus Pornomagazinen.

Der ganze Schrott segelte und flatterte zu Boden.

Arnold versuchte, an dem Terminal zu arbeiten. Die Hintergrundmusik von der Soundkarte der CPU* hatte einen geringfügig schnelleren Rhythmus als gewöhnlich.

Robert Muldoon trat näher. Er geriet in Alarmstimmung. »Was ist mit den Raptor-Zäunen?« stieß er hervor. »Die sind doch wohl nicht ausgeschaltet, oder?«

Arnold überprüfte es mit wenigen Tasten. »Nein«, stellte er fest. »Die sind noch eingeschaltet.«

Hammond schüttelte verwirrt den Kopf. »Warum, zum Teufel, sollte er die anderen Zäune ausschalten?«

* Central Processing Unit – Zentraleinheit eines Personal Computers

Im Scheinwerferlicht des Jeeps rauschte der Regen wie aus riesigen Gießkannen. Die Sichtweite betrug kaum mehr als zehn Meter. Um ein Haar wäre Nedry in den Zaun hineingefahren. Eine gütige Ahnung bewahrte ihn davor, ließ ihn rechtzeitig Gas wegnehmen und behutsam bremsen. Der Dschungelboden verwandelte sich mehr und mehr in eine Schlammpiste. Das dichte Grün beiderseits des Wegs sog den Regen auf, war im Licht der Autoscheinwerfer zu einer naßglitzernden Pflanzenwand geworden.

Nedry brachte den Jeep zum Stehen.

Er ließ den Motor laufen, die Scheinwerfer eingeschaltet, und stieg aus. Seine Kleidung war noch nicht mal andeutungsweise getrocknet. Jetzt kriegte sie den Rest. Er hätte sich ebensogut alles vom Leib reißen können, dann wäre er beweglicher gewesen. Aber er hatte keine Zeit. Jede gottverdammte Sekunde war wertvoll.

Das Tor im Maschendrahtzaun trug ein großes Schild, dessen Beschriftung selbst durch das Regenrauschen deutlich zu lesen war.

Danger! Electrified Fence!
This Door Cannot Be Opened
*When Fence Is Armed**

Nedry streckte furchtlos die Hand aus und griff in den Maschendraht. Nichts geschah. Er wußte, daß er sich auf seine Arbeit am Computer verlassen konnte. Was er anpackte, funktionierte. Vor allem die Programme.

* Gefahr! Elektrozaun! Diese Tür kann nicht geöffnet werden, wenn der Zaun unter Strom steht.

Er warf den Riegel hoch und schob das Tor auf.

Kein Stromstoß hinderte ihn daran.

Er lief zurück durch das Regenrauschen und fühlte sich wie eine Ente auf Schmierseife. Er mußte mächtig aufpassen. Der Boden wurde immer glitschiger. Er hatte keine Lust, auf dem eigenen Hintern Schlitten zu fahren.

Schnaufend wuchtete er sich auf den Fahrersitz, stieß den Schalthebel nach vorn und ließ den Wagen kommen, scheuchte ihn durch das Tor, den Parkweg hinunter. Der Regen ließ nicht nach, schien eher stärker zu werden. Noch eine Weile, und der Weg würde unbefahrbar sein.

Nedry verscheuchte die bohrenden Gedanken.

Er hatte einen Jeep.

Das beste Geländefahrzeug der Welt.

Damit kam er überall durch.

Wenn nur die Sicht besser gewesen wäre! Er starrte durch die Windschutzscheibe. Er hatte den Eindruck, daß er kaum über die Vorderkante der Motorhaube hinaus sehen konnte. Der Weg verschwamm bereits in den Regenschleiern, die in unregelmäßigen Abständen von Böen gepeitscht wurden. Schwaden von Dampf stiegen aus dem Trommeln und Prasseln auf. Das bewirkte die Sonnenwärme, die von Pflanzen und Erdboden in den zurückliegenden Stunden und Tagen gespeichert worden war.

Nedry fuhr so schnell, wie es das Unwetter erlaubte.

Dabei schien es ihm, als ob er übers Schneckentempo kaum hinauskam.

In immer kürzeren Abständen blickte er auf die Uhr.

Dann spähte er wieder nach vorn, über das Lenkrad gebeugt. Die Scheibe begann, von innen zu beschlagen. Er wischte die Kondensation weg. Es half nur ein paar Sekunden, dann war die Scheibe schon wieder beschlagen. Fluchend wischte und wischte er mit dem nassen Ärmel.

Auf einmal war die Weggabelung da.

Reflexartig stieg er in die Bremse.

Zu spät.

Der Jeep driftete ab, schlidderte quer über den schlammigen Boden.

Und mähte einen Wegweiser um.

»O Scheiße!« schrie Nedry.

Er fluchte weiter, bis die Kiste endlich stand, schräg zwischen Wegesrand und Dickicht. Er stieß die Tür auf, hastete abermals hinaus in das Regenströmen. Sein Atem ging rasselnd, als er zurücklief, zu der Stelle, wo der Wegweiser abgeknickt im Dreck lag. Er hätte heulen können. Wie, in aller Welt, war es möglich, daß ihm so was passierte? Er hatte alles perfekt geplant. Alles. In der Welt der Computer gab es keine Unwägbarkeiten, nichts Unvorhersehbares. Alles lief nach Programm.

Nur der verdammte Sturm hielt sich nicht daran.

Der brach über die Insel herein, wann es ihm paßte.

Im unpassendsten Moment.

Dabei sollte gerade mit dem Projekt Jurassic Park bewiesen werden, daß man auch die Natur in den Griff kriegte. Der Mensch war dazu in der Lage, verdammt. Mit dem heutigen Stand seines Wissens und seiner Computertechnik war er dazu in der Lage.

Und dann scheiterte er an einem Wegweiser.

An einem gottverdammten Wegweiser!

»Nein!« heulte Nedry. »Nein, nein, nein!« Seine Stimme ging im Tosen des Regens und im Fauchen der Böen unter. Er packte den Wegweiser und richtete ihn auf. Er wußte nicht, wieso er glaubte, daß ihm das

Ding jetzt die richtige Richtung anzeigen würde. Es war ein primitives, ungehobeltes Stück Holz, mehr nicht. Es funktionierte weder nach einem Programm, noch hatte es einen eingebauten Speicher, der sich gemerkt hatte, wie die letzte Position gewesen war.

Das Schild des Wegweisers pendelte wie ein schlaffer Arm.

Wie zum Hohn war die Schrift zu entziffern. Der rötliche Schein der Jeep-Rückleuchten reichte dafür aus.

*To The Docks**

Nedrys Enttäuschung paarte sich mit Wut. Ihm war, als würden ihm kiloschwere Stahlgewichte in die Kniekehlen sacken. Er preßte die Zähne aufeinander, daß sie knirschten. Panik keimte in ihm auf. Er bekämpfte das elende Gefühl.

Er ließ den verdammten Wegweiser los, lief mit stampfenden Schritten zum Wagen. Im Schein der Innenbeleuchtung nahm er den Lageplan vom Beifahrersitz. Er fuhr mit dem Finger über das buntbedruckte Papier. Mit einem Knurrlaut klatschte er die Karte wieder auf den Sitz.

Es mußte die Abzweigung nach links sein.

Er war nicht hundertprozentig sicher.

Aber neunzig Prozent waren besser als null.

Er knüppelte den Jeep nach links.

John Hammond und Robert Muldoon blickten Ray Arnold gespannt über die Schulter. Sie wußten nicht, was der Cheftechniker da machte, aber es sah kompliziert aus. Es war nervend, und es erforderte höchste

* Zum Kai

Konzentration. Beide hätten Arnold gern geholfen, aber das einzige, was sie an so einem verfluchten Computer bedienen konnten, war bestenfalls der Netzschalter.

Arnold murmelte und fluchte leise, während er die Tastatur bearbeitete. Immer wieder gab er neue Kommandos ein. Nichts klappte. Wieder versuchte er es mit einem anderen Code.

»Allright ...«, knurrte er und lehnte sich kurz zurück. »Jetzt müßte es klappen. Jetzt kriegen wir Zugang zum Hauptprogramm!«

Er drückte eine letzte Taste.

Ein protestierendes Schnarren tönte aus dem Computer.

Arnold und seine beiden Zuschauer zuckten zusammen.

Auf dem Bildschirm erschien eine Zeichentrickfigur.

Ein dicker Mann.

Dennis Nedry.

Er war gut getroffen; man erkannte ihn sofort. Er zoomte sich in den Vordergrund des Bildschirms und hob tadelnd den Zeigefinger.

»Sie haben das magische Wort nicht gesagt!« sprach der Zeichentrick-Nedry in schulmeisterhaftem Singsang.

»Bitte!« flehte Arnold den Bildschirm an. »Verdammt noch mal! Hör auf damit! Ich hasse diese verdammte Hacker-Scheiße!«

Wütend hieb er auf das Monitorgehäuse. Die Hintergrundmusik wurde noch eine Idee schneller.

»Rufen Sie Nedrys Leute in Cambridge an«, sagte Hammond.

Arnold schnurrte mit seinem Drehsessel über den Fußboden und schnappte sich das nächste erreichbare

Telefon. Als er den Hörer ans Ohr hob, versteinerte seine Miene. Er betätigte ein paar Tasten, hieb auf die Gabel.

Er sah Hammond und Muldoon an.

»Die Telefonleitungen sind auch tot«, sagte er tonlos.

Atemzüge lang herrschte betroffenes Schweigen. Die Männer mußten dies erst verdauen: Es waren Dinge geschehen, die nach menschlichem Ermessen niemals hätten geschehen *können*. John Hammond mußte an Dr. Ian Malcolm und seine Theorie des Chaos denken. Sollte sich die Schwarzmalerei des Mathematikers bestätigen?

Nein, dachte Hammond, *niemals!*

Seine Stimme klang belegt, als er fragte: »Wo haben die beiden Explorer angehalten?«

6

Sie waren nicht sehr weit voneinander entfernt, doch sie konnten sich gegenseitig nicht sehen. Sie waren hilflos in der Finsternis, in Wolkenbruch und Sturmböen, und sie hätten sich gegenseitig nicht helfen können. Ihnen fehlten jegliche Mittel, etwas zu unternehmen, und so hätten sie sich gegenseitig nicht einmal Mut zusprechen können.

Sie lebten gemeinsam auf dieser Welt, seit vielen Jahrhunderten, ja, seit Jahrtausenden. Sie waren aneinander gewöhnt, und doch waren sie so unterschiedlich, daß sie bestenfalls mit Gesten hätten kommunizieren können.

Sie waren Geschöpfe der jetzigen Welt.

Die Ziege.

Und die Menschen.

In ihrer Gemeinsamkeit lagen Hilflosigkeit und Ahnungslosigkeit. Sie spürten die Urzeit, die in ihrer Nähe war. Und doch konnten sie die Bedeutung dieses Umstands nicht ermessen. Die Konsequenzen waren nicht greifbar.

Der Instinkt der Ziege hatte für einen solchen Fall kein Verhaltensmuster gespeichert.

Der Verstand der Menschen verfügte über keine Erfahrungswerte, die es ihnen ermöglicht hätten, wohlüberlegt zu reagieren.

Und *noch* ahnten sie ja nicht einmal im entferntesten, was ihnen bevorstand.

Die Ziege hatte sich aufgerichtet.

Von der Dunkelheit umschlossen, sandte sie ihre klagenden Laute aus.

Sturmböen schüttelten sie durch auf ihren zitternden, mageren Beinen. Wie ein Wasserfall rauschte der Regen auf sie herab. Sie konnte nicht einmal Schutz vor dem Regen suchen, angepflockt, wie sie war.

Die Menschen in den beiden Elektro-Fahrzeugen saßen am Rand der Tyrannosaurus-Koppel fest.

Alan Grant war nach vorn gelaufen, um nach dem Rechten zu sehen. Geduckt, unter den prasselnden Wassermassen, kehrte er zum zweiten Wagen zurück. Er war völlig durchnäßt, als er sich wieder auf den Sitz warf. Mit einem kraftvollen Ruck zog er die Tür zu. Ian Malcolm sah ihn erwartungsvoll an.

»Ihr Funkgerät ist auch kaputt«, erklärte Alan. »Gennaro sagt, wir müßten auf unseren Plätzen bleiben.«

»Sind die Kinder okay?« wollte Malcolm wissen.

»Ich habe nicht gefragt. Warum sollten sie *nicht* okay sein?«

»Kinder bekommen manchmal Angst.«

»Wovor sollte man denn hier Angst haben? Ist doch nur ein kleiner Stromausfall!«

»Ich habe nicht gesagt, daß *ich* Angst hätte«, entgegnete Malcolm.

Obwohl das Gegenteil der Fall war.

Er blickte hinaus in den Wolkenbruch. Da war der riesige Zaun, der die Elektro-Fahrbahn von der Koppel der Tyrannosaurus rex trennte. Nur dieser Zaun war die Barriere zwischen Sicherheit und tödlicher Gefahr.

Dr. Ian Malcolm *hatte* Angst.

Im vorderen Wagen hatte sich Langeweile ausgebreitet. Donald Gennaro und die Kinder hingen ihren Gedanken nach.

Tim *hing* im wahrsten Sinn des Wortes – kopfüber auf dem Sitz, der bei einem normalen Auto der Beifahrersitz gewesen wäre. Die Füße über die Rückenlehne gehakt, ließ Tim den Kopf vor der Sitzfläche in den Fußraum baumeln.

»Ich hab mal kopfüber im Cyclone gehangen, als der festsaß«, ertönte seine Stimme dumpf von unten herauf. »Fast eine Stunde lang! Alle hingen mit dem Kopf nach unten. Fast eine Stunde lang.« Für den Anwalt fügte er als Erklärung hinzu: »Cyclone ist die Achterbahn in Coney Island. Das ist der Vergnügungspark in New York. Brooklyn.«

»Ich kann es nicht begreifen«, murmelte Gennaro, mehr zu sich selbst. »Wie, in aller Welt, bin ich bloß auf Malcolm gekommen? Warum mußte ich den Kerl einladen?«

»Die Leute kriegten blutrote Nasen, wie sie so dahingen«, redete Tim weiter. »Aneurismen nennt man das. Erweiterung der Schlagader.«

Lex führte ein verträumtes Selbstgespräch. »Ich glaube, Mr. Grant ist wirklich – nett.«

»Jetzt wird er einen Haufen Unsinn schreiben«, murmelte Gennaro weiter. »Das nennt er dann Gutachten. Und er wird jede Menge hirnrissige Beweise aufführen – dafür, daß wir hier auf der Insel nicht wissen, was wir tun.«

»Als ich klein war, hatte ich vor Bärten immer Angst«, spann Lex ihren Faden weiter. »Aber heute würde ich sagen, das war wirklich kindisch.«

Tim entdeckte etwas unter dem Sitz. Er zog es hervor und rappelte sich auf der Sitzfläche zurecht, bis er so normal dasaß wie die beiden anderen.

Sein Fundstück sah aus wie eine Schutzbrille. Eine sehr schwere Schutzbrille allerdings.

»Stark!« rief er. »Was ist das für ein Ding?«

»Sieht ziemlich teuer aus«, brummte Gennaro. »Leg es wieder weg.« Er lehnte sich zurück und schloß die Augen.

Tim dachte nicht daran, dem Anwalt zu gehorchen. Er setzte sich nach vorn auf die Sitzkante und stülpte sich die schwere Schutzbrille über den Kopf.

Lex lehnte sich weit zurück, schwang die Beine hoch und legte sie über die Sitzlehne. Die Kniekehlen über der Kante, trommelte sie mit den Hacken gegen die Lehne. Die Geräusche, die dabei entstanden, dröhnten dumpf durch den Wagen.

Lex blickte hinaus. Der Sturm hatte zugenommen. Manchmal riß er die Wolkendecke auf. Dann wurde es etwas heller. Durch den Zaun konnte Lex die Ziege sehen. Das Mädchen empfand tiefes Mitleid mit dem armen Tier, wie es da mutterseelenallein im Regen stand.

Dem Tod geweiht.

»Armes Ding!« hauchte Lex.

Im nächsten Moment erschrak sie zu Tode.

»Buh!« machte Tim und tauchte vor ihr auf. Mit der komischen Brille im Gesicht sah er aus wie ein Marsmensch.

»Timmy!« rief Lex vorwurfsvoll. »Mein Gott, hast du mich erschreckt!«

Er lachte, während sie sich erleichtert wieder zurücksinken ließ. Er kletterte neben ihr auf die Sitzbank und blickte durch das rückwärtige Fenster des Explorer in die Nacht hinaus. Er fingerte an der Brille herum. An der Vorderseite der Linsen stieß er auf etwas, das ihm bekannt vorkam. Ringe, die sich drehen ließen. Wie bei den alten Spiegelreflexkameras, in der Zeit, als sie noch keinen Autofokus* gehabt hatten.

»O Mann, ich werd verrückt!« rief Tim, als er auf einmal ein klares Bild sah. Er drehte an den Einstellringen der Linsen, und das Bild wurde sogar noch schärfer. Es war hell, von einem leuchtend grünen Schimmer.

Der zweite Explorer, mit Malcolm und Grant, war deutlich und scharf umrissen zu erkennen.

»Wow!« staunte Tim. »Ein Nachtsichtgerät!«

Er genoß seine unerwartete neue Fähigkeit, bei Nacht sehen zu können.

Eine Tür des hinteren Wagens wurde geöffnet. Eine Hand mit einer Dose wurde herausgestreckt, um Regenwasser aufzufangen. Es war Alan Grant, der die

* automatische Entfernungseinstellung bzw. Scharfstellung des Kamera-Objektivs

Tür nach einer Weile wieder schloß und etwas von dem Regenwasser trank.

Lex hatte sich an alles gewöhnt, was man mit einem kleinen Bruder durchmachen mußte. Ein Nachtsichtgerät gehörte da noch zu den harmloseren Spielereien. Solange es ihm Spaß machte, war er wenigstens beschäftigt und nörgelte nicht herum. Gelangweilt trommelte Lex wieder mit den Füßen gegen die Sitzlehne.

Es dröhnte durch den Wagen.

Tim wandte sich ruckartig nach vorn. »He, habt ihr das gemerkt?«

Keiner antwortete.

Lex machte weiter mit dem Füßetrommeln. Tim beugte sich vor und hielt die Beine seiner Schwester fest. Dann kletterte er wieder nach vorn und ließ sich auf seinen angestammten Platz fallen.

»He!« rief Gennaro aufgeschreckt, ärgerlich.

Tim zog das Nachtsichtgerät vom Kopf und blickte auf die beiden durchsichtigen Plastikbecher in den Halterungen am Armaturenbrett. Beide Becher waren mit Wasser gefüllt. Während Tim beobachtete, begann die Wasseroberfläche in den Gläsern zu vibrieren, und konzentrische Kreise bildeten sich.

Unvermittelt hörte es auf. Die Wasseroberfläche beruhigte sich.

Kurz darauf ging es wieder los. Hörte auf. Fing wieder an. Rhythmisch.

Wie von Schritten.

Und wieder dröhnte es.

Gennaro riß die Augen auf, denn nun spürte er es ebenfalls. Er blickte auf, in den Innenspiegel. An dem Spiegel hing der in Folie geschweißte Sicherheitspaß. Er schwang von einer Seite zur anderen. Als Gennaro sich selbst im Innenspiegel sah, bemerkte er, daß auch sein Spiegelbild vibrierte.

Und das Dröhnen durchlief den Wagen.

»Vi–vi–vielleicht ist es ja die Stromversorgung«, stotterte Gennaro. »Die wird gerade wieder eingeschaltet, und gleich geht's weiter.« So, wie es sich anhörte, war er selbst nicht überzeugt von dem, was er sagte.

Tim kletterte zurück zu seiner Schwester auf den Rücksitz, legte das Nachtsichtgerät wieder an. Er blickte zum Seitenfenster hinaus. Durch den mächtigen Zaun konnte er das Gelände überblicken – einschließlich der Stelle, an der die Ziege angepflockt sein mußte.

Ihm stockte der Atem.

Die Ziege war nicht mehr da.

Aber deutlich konnte er die im Regen glitzernde Kette sehen. Die Kette lag lose an dem Pflock.

Plötzlich krachte etwas auf den Wagen.

Lex schrie auf.

Tim und Gennaro zuckten zusammen.

Sie blickten nach oben – dorthin, wo es gekracht hatte. Und Lex schrie von neuem. Der Anblick war entsetzlich.

Ein Ziegenbein war auf das Plexiglasdach des Explorers gefallen.

Der blutige Stumpf des herausgerissenen Beins einer Ziege.

»O Jesus!« hauchte Gennaro. »O mein Gott!«

Tim fuhr herum, um erneut durch das Seitenfenster zu spähen. Er riß den Mund weit auf, doch er brachte keinen Laut hervor. Was er durch das Nachtsichtgerät sah, war zu unglaublich. Ihm wurde vor Schreck nicht einmal sofort klar, was es bedeutete.

Eine riesige Klaue!

Die Klaue griff in die waagerechten Drähte des Zauns.

Und kein Stromstoß!

Die Klaue zerfetzte den dicken Stahldraht, als handelte es sich um Bindfäden.

Tim riß sich das Nachtsichtgerät vom Kopf. Er spähte nach oben, konnte durch das Seitenfenster aber nichts sehen. Deshalb lehnte er sich zurück, zu seiner Schwester hin. Nun war er in der Lage, durch das Sonnendach zu blicken. Da lag noch immer das Ziegenbein.

Aber es spielte keine Rolle mehr.

Der Schock war zu gewaltig.

Tim verspürte den Schock wie einen Hieb. Schlagartig war er wie gelähmt.

Lex erging es nicht anders. Sie krallte ihre Finger in Tims Arme und Schultern, ohne daß es ihr bewußt wurde. Sie öffnete den Mund weit, um zu schreien, doch ihre Stimmbänder versagten ebenso den Dienst wie jeder Muskel.

Gennaro sah im Innenspiegel, wohin die Kinder starrten. Reflexartig warf er den Kopf in den Nacken. Und das Entsetzen fuhr ihm in alle Glieder.

Das Ungeheuer war direkt über ihnen.

Es hatte den Zaun durchbrochen und erhob sich über dem Explorer.

Tyrannosaurus rex.

Der gewaltige Schädel, acht oder gar zehn Meter hoch, war massig und kantig wie ein Betonklotz. Die Augen glühten gelblich. Zwischen den blitzenden Reißzähnen hingen die leblosen Reste der Ziege. Die Fänge der Bestie mußten allein gut einen Meter lang sein. Tim wußte, daß der T-Rex vom Kopf bis zum Ende seines gewaltigen Schwanzes mehr als zwölf Meter lang war.

Aber ihn als Skelett in einem Museum oder als Modell in Zoo gesehen zu haben, bedeutete von diesem Moment an nichts mehr.

Die grausige Wirklichkeit übertraf jede Vorstellungskraft.

Die Bestie bewegte den Kopf auf und ab und verschlang die Reste der Ziege mit einem einzigen Schlucken.

Die aufkeimende Panik brachte Gennaro fast um. Seine Augen drohten aus den Höhlen zu quellen, die Angst wurde stärker als jedes andere Empfinden. Auf einmal fühlte er sich eingeschlossen wie in einem Sarg.

Er ruckte nach vorn. Seine Hand krallte sich um den Türgriff. Mit der Schulter stieß er die Tür auf. Und warf sich hinaus – in das Rauschen des Regens und das Heulen der Böen. Ein Windstoß fauchte in den Wagen wie ein eisiger Hauch.

»Er läuft weg!« schrie Lex. »Er läßt uns allein!« Ihr wurde nicht einmal bewußt, daß der Anblick des feige fliehenden Mannes ihre Stimmbänder wieder funktionieren ließ. Zu wissen, daß er nur an sich selbst dachte und die Kinder ihrem Schicksal überließ, verursachte ein Gefühl ohnmächtiger Hilflosigkeit.

Gennaro rannte so schnell er konnte an dem zweiten Wagen vorbei. Seine Gedanken rotierten. Todesangst und Panik schalteten seinen Verstand aus. Nur instinktiv erfaßte er, daß der Saurier noch auf der anderen Seite des Zaunes war. Vielleicht war das eine Chance. Eine winzige Chance.

Gennaro rannte auf ein Häuschen zu. Es war nur zwanzig, dreißig Meter entfernt, aus Beton gebaut, mit einem hölzernen Dach. Es stand auf der dem Zaun abgewandten Fahrbahnseite.

Gennaro erreichte die Bude. Die Tür stand offen. Er

schlüpfte hinein, keuchend und mit hämmerndem Herzschlag. Er riß die Tür zu. Aber da, wo sich das Schloß befinden sollte, war nur ein Loch.

Zu Vieles, Entscheidendes war noch nicht fertig in Jurassic Park.

Alan Grant und Ian Malcolm blickten dem Anwalt nach.

»Was hat er vor?« rief Alan verwundert.

Malcolm wandte den Kopf, als er ein Geräusch hörte. Er blickte durch das Fenster auf der anderen Wagenseite. Und seine Augen weiteten sich vor Fassungslosigkeit.

Der Zaun begann zu wackeln. Die gewaltigen Pfähle knickten weg wie Streichhölzer. Abgerissene Drähte peitschten durch die Luft.

»O Himmel!« entfuhr es Malcolm. Mehr brachte er nicht hervor. Der Anblick schnürte ihm die Kehle zu.

Alan Grant wandte sich nach vorn – gerade rechtzeitig, um mitzubekommen, wie das Schild *Danger!* von dem berstenden Zaun heruntersegelte und auf die Motorhaube des vorderen Explorer klatschte.

Der ganze Zaun krachte in sich zusammen.

Der T-Rex hatten sich den Weg freigebissen.

Und gelähmt vor Entsetzen mußten die beiden Männer mit ansehen, wie der riesige Tyrannosaurus über die Zaunreste hinwegstieg – auf seinen beiden mächtigen Beinen.

In der Mitte der Fahrbahn blieb er stehen.

Die kurzen, verstümmelt wirkenden Vorderläufe ließen einen Eindruck von Lächerlichkeit gar nicht erst aufkommen. Denn zu furchteinflößend, zu grauenvoll war das restliche Äußere des Urwelt-Tiers.

Es schwenkte den riesigen Kopf hin und her, von einem Wagen zum anderen.

Im vorderen Wagen kletterte Tim beherzt nach vorn und zog die Fahrertür zu.

Sofort strich der T-Rex auf die Seite des Wagens und blickte herab, von hoch oben noch.

Die Geschwister wagten vor Angst kaum zu atmen.

Im hinteren Wagen hatte sich Ian Malcolm vom ersten Schreck erholt. Wie es seiner Natur entsprach, versuchte er auf scherzhafte Weise mit der Situation fertig zu werden.

»Mann o Mann«, sagte er kopfschüttelnd. »Wie ich es hasse, andauernd recht zu behalten!«

Der T-Rex drehte sich um und schritt schnell auf sie zu. Er senkte den Kopf ein Stück, um in das Wageninnere blicken zu können, während er den Explorer umkreiste.

Die beiden Wissenschaftler auf den Vordersitzen konnten ihr Zittern nicht unterdrücken, während sie die Beine des Sauriers beobachteten – zum Greifen nahe außerhalb der Wagenfenster. Gewaltig wie schrundige Baumstämme waren diese Beine mit ihrer pockigen, zernarbten Panzerhaut.

Alans Stimme war ein bebendes Wispern: »Bewegen Sie sich nicht, Ian! Bewegen Sie sich um Himmels willen nicht! Die visuelle Wahrnehmungsfähigkeit des T-Rex beruht auf Bewegungen.«

»Sind Sie sicher?« entgegnete der Mathematiker ebenso leise.

Alan schluckte. »Ziemlich«, antwortete er kleinlaut.

Im selben Moment zuckte Malcolm zusammen, wie von einem Peitschenhieb getroffen. Und er wagte nicht einmal mehr, auch nur den kleinen Finger zu rühren.

Neben dem Fenster erschien der riesenhafte Kopf der Bestie.

Das gelblich glühende Auge.

Es war fast so groß wie das Seitenfenster.
Unvermittelt hob der Saurier den Kopf wieder an.
Die Männer kamen nicht zu Besinnung. Sie sahen es nicht, aber sie spürten um so mehr, was die Bestie als nächstes tat.
Ein donnernder Stoß traf den Explorer von oben. Die Federung ächzte in allen Fugen. Das Karosserieblech knirschte gequält.
Dabei hatte der T-Rex nur mit dem Maul auf das Wagendach getupft.
Im vorderen Auto durchwühlte Lex das Handschuhfach. Sie fand eine Taschenlampe.
Tim sah es.
»Lex, nicht!« rief er.
Zu spät.
Der Tryannosaurus hob den Kopf, als es im Inneren des vorderen Wagens plötzlich hell wurde. Von dem Licht angezogen, entfernte sich der Raubsaurier langsam von dem zweiten Wagen. Im nächsten Moment war ihm anzusehen, daß er eine Entscheidung getroffen hatte. Seine Schritte wurden immer schneller und ausgreifender.

Zu spät hatte Lex die Taschenlampe ausgeschaltet. Die Geschwister konnten nur noch voller Angst hinausstarren, als der T-Rex ihren Wagen erreichte und ihn zu umkreisen begann.
»Es tut mir leid!« schluchzte Lex. »Es tut mir so leid . . .«
»Schschsch!« machte Tim.
Der T-Rex beugte sich herab und spähte abwechselnd durch die Windschutzscheibe und durch die Seitenfenster. Für Sekunden war Tim Auge in Auge mit

dem Ungeheuer. Die gewaltigen Fänge waren zusammengeklappt. Das Tier hatte einen mächtigen Überbiß. Die oberen Reißzähne überragten den schmaleren Unterkiefer und vermittelten den Eindruck eines tückischen, bösartigen Grinsens.

Die Geschwister blickten nach oben, durch das Sonnendach, als der Kopf des T-Rex sich höher und höher erhob. Dann senkte er den Kopf und sah direkt auf sie herab. Das Maul öffnete sich weit, entblößte die beiden Reihen riesiger, kegelförmiger Reißzähne mit nadelfeinen Spitzen. Der Schlund des Tiers war gelblich braun. Und über den Fängen, über der schorfigen grauschwarzen Runzelhaut, glomm der Tod aus den schwefligen Augen. Im nächsten Moment geschah es.

Der Tyrannosaurier brüllte.

Es war, als würde eine Orkanbö den Wagen treffen.

Die Fenster klapperten. Lex schrie gellend, und ungewollt knipste sie die Taschenlampe an.

Ein Krachen dröhnte durch den Wagen. Die Geschwister begriffen nicht sofort, was geschah. Beide schrien, als das Plexiglas auf sie herabsauste, von der Schnauze des Sauriers aus dem Dachrahmen geschmettert. Tim und Lex waren unter dem Plexiglas gefangen, zwischen den Sitzen.

Die mörderischen Reißzähne der Bestie stießen herab, durch das Loch im Wagendach. Dumpfe Schläge trafen das Plexiglas. Tim und Lex waren starr vor Todesangst. Das Plexiglas begann zu knirschen. Unter jedem neuen Zustoßen des riesigen Schädels bildeten sich Risse in dem durchsichtigen Material. Es hatte einen Durchmesser von einem Zoll. Zweieinhalb Zentimeter, die über Leben und Tod entscheiden würden.

Alan Grant und Ian Malcolm beobachteten schreckensstarr, wie der Raubsaurier seine Taktik änderte. Mit einer seiner Klauen griff er in die Flanke des Wagens.

Und er stieß zu, hob den Wagen an der Seite an.

Drinnen ging den Kindern das Knacken und Bersten der Wagenfenster durch Mark und Bein. Tim und Lex konnten sich nicht halten, rutschten auf den Sitzen abwärts. Der Wagen neigte sich immer mehr. Der T-Rex beugte sich tiefer herab, stieß die Karosserie mit der Schnauze an. Drinnen wurden die Kinder durcheinandergewirbelt, bis der Wagen endgültig auf der Seite lag.

Der Saurier ging systematisch vor, begann nun, den Wagen durch unablässige Schnauzenstöße vom zerstörten Zaun wegzuschieben – auf die Stützmauer zu, deren Oberkante ein Stück weiter rechts zu sehen war, in Fahrbahnhöhe. Krachend landete der Explorer auf dem Dach. Die mächtige Mauer war aus Beton und stützte den Boden ab, auf dem der Besichtigungsweg gebaut worden war. Das Gelände unterhalb des Weges mit der Elektroschiene war zwanzig Meter tiefer. Immer weiter rutschte der Wagen auf den Abgrund zu.

Der T-Rex erhob sich hoch über den Wagen. Wie ein Hund stellte er einen Fuß auf sein Opfer, um es zu zerreißen. Seine Fangzähne stießen auf das Bodenblech des Wagens zu, erwischten nach mehreren vergeblich Versuchen die Hinterachse, fetzten sie heraus und schleuderten sie zur Seite weg. Dabei biß der Saurier in einen Reifen.

Der Reifen platzte.

Nur für einen Moment war die Bestie verwirrt.

Dann ging sie wieder auf den Wagen los.

Wenn es so etwas gab wie eine Gewöhnung an die Angst, dann war es das, was Tim und Lex in diesen sich endlos dehnenden Sekunden durchlebten. Sie waren in einer Hölle aus krachenden, schmetternden Schlägen gefangen, und es gab kein Entrinnen. Die Angst nahm kein Ende, wurde zum Dauerzustand. Sie würden sich niemals daran gewöhnen, würden der Angst gegenüber niemals die Gleichgültigkeit des todgeweihten Kaninchens angesichts der Schlange annehmen. Nur lernten sie in diesem nicht enden wollenden Grauen, ihren Überlebenswillen in gezielte Bahnen zu lenken.

Der Tyrannosaurus trat und stieß, und es war nur noch eine Frage von Augenblicken, wann er den Wagen zu einem Schrottklumpen zusammengehauen haben würde.

Tim und Lex krochen auf das Wagenheck zu, wo die Fensterscheibe längst herausgeplatzt war. Schlamm und Regen fluteten herein. Und unablässig schüttelten die krachenden Schläge das Wrack durch. Der Raum, der den Kindern blieb, wurde immer kleiner. Von vorn, von der Motorhaube her, schlug der T-Rex den Explorer buchstäblich platt.

Tim war dem Heckfenster schon ziemlich nahe, als es knapp hinter ihm krachte.

Ein Sitz kam herunter.

Nagelte ihn fest.

Tim schrie auf.

Alan Grant hatte gefunden, was er brauchte. Die Explorer waren gut ausgerüstet. Als er sich ins Freie schwang, hatte der T-Rex das Fahrzeugwrack mit den Kindern gepackt und schwenkte es hin und her. Er war drauf und dran, den Wagen über die Betonkante zu schleudern – in den Abgrund.

Alan riß die Kappe des Signallichts ab, das er im Wagen gefunden hatte.

Helle Flammen schossen aus dem Ende des Stabs.

»Hier!« brüllte Alan durch Regen und Böen. »Sieh mal hierher! Hier!«

Der T-Rex ließ das Explorer-Wrack zu Boden sinken und drehte sich um.

Alan schleuderte das Signallicht in hohem Bogen von sich – über die Mauerkante hinweg. Es verschwand im Abgrund.

Der T-Rex beobachtete die fliegende Flammenspur neugierig.

Und versuchte, sie mit einem Hieb zu erwischen.

Ian Malcolm sah seine Chance. Er sprang aus dem Wagen und rannte die Straße hinunter. Er rannte um sein Leben – auf das Betonhäuschen zu, in dem zuvor Gennaro verschwunden war.

Der Saurier bemerkte die Bewegung. Er kreiselte herum und schnellte los, hinter Malcolm her. Grant versuchte, auszuweichen. Aber der Schwanz des T-Rex peitschte herum. Die Spitze erwischte den Wissenschaftler und schleuderte ihn von der Fahrbahn weg – in die Nähe des Wracks. Im schlammigen Dreck blieb er liegen.

Malcolm rannte so schnell er konnte. Sein Herz hämmerte, seine Lungen schmerzten. Ohne sich umdrehen zu müssen, wußte er, daß der T-Rex nur wenige Schritte hinter ihm war. Das Betonhäuschen war schon zum Greifen nahe. Aber der Vorsprung des Mathematikers reichte nicht aus.

Ohne seinen Lauf zu stoppen, senkte der T-Rex den Kopf und stieß den Fliehenden mit der Nase an. Unter Sauriern mochte das nur ein spielerisches Stupsen sein, für Malcolm war es, als hätte ihn ein wütender Elefantenbulle getreten.

Er wurde von den Füßen gehoben.

Ungeheure Gewalt katapultierte ihn flach über den Erdboden hinweg. Und krachend durchschlug er ein Stück Holzwand, das in den Beton eingelassen war. Schmerzhaft prallte er gegen Ecken und Kanten, während er mit einem Schwall von Trümmern in den Raum segelte.

Es war ein Toilettenhäuschen, noch nicht ganz fertig.

Gennaro kauerte in einer Ecke. Ihm blieb keine Zeit, zu begreifen, was geschah. Kaum war der Mathematiker hereingeschleudert worden, setzte sich das Unheil fort.

Etwas wie eine Explosion zertrümmerte die vordere Betonwand des Häuschens.

Gennaro kreischte vor Angst.

Betonbrocken flogen auf ihn zu. Schützend hob er die Arme über den Kopf, sah noch, daß es keine Explosion gewesen war, sondern der Kopf des Tyrannosauriers. Er hatte die Wand einfach mit dem Kopf zertrümmert. Und im nächsten Moment ging das Holzdach zu Bruch. Balken und Bretter barsten, große Splitter fielen herab.

Gennaros Todesangst trieb seine Stimme zum Schrillen. Instinktiv versuchte er, sich vor den herabfallenden Teilen zu schützen, indem er den Kopf unter den Armen barg. Ihm wurde nicht mehr klar, wie unsinnig dies war.

Neben der Fahrbahn kam Alan Grant auf die Beine. Er erstarrte. Sah mit weit aufgerissenen Augen, wie der T-Rex mit der Nase den Trümmerhaufen aus Beton und Holz durchstöberte. Und dann schien der Saurier etwas gefunden zu haben. Er langte in den Schutt, packte zu. Und dann war Gennaros markerschütternder Schrei zu hören.

Ein Schrei, der nichts Menschliches mehr hatte, der

Alan als physischer Schmerz in die Gehörgänge stach. Es überlief ihn eisig.

Und abrupt endete der Schrei.

Alan überwand sein Grauen. Er dachte an die Kinder und stolperte auf das Wrack zu. Er warf sich zu Boden und spähte durch das glaslose Fenster.

Lex blickte zu ihm auf. Sie war bei Bewußtsein, ihr Gesicht schlammverschmiert.

Alan hielt ihr die Hand hin und zog sie heraus. »Was ist mit deinem Bruder?«

»Er ist bewußtlos.«

»Und du? Alles in Ordnung?«

Lex antwortete nicht. Sie starrte über Alans Schulter, und ihre Augen weiteten sich. Sie schrie. Alan ruckte herum und hielt ihr den Mund zu. »Psst!« flüsterte er. »Er kann uns nicht sehen, wenn wir uns nicht bewegen.«

Der Erdboden dröhnte und vibrierte, als vor ihnen der riesige Fuß des T-Rex auf den Boden trat. Die Bestie war im Begriff, sich erneut über das Wrack herzumachen. Sie beugte sich herab, der mächtige Schädel senkte sich an Alan und Lex vorbei. Der T-Rex beschnüffelte das Wrack. Aus seinen Fängen hingen blutige Fleischreste und Fetzen von Gennaros Kleidung.

Da er nichts fand, schwenkte der Raubsaurier seinen Kopf herum und schnaubte wütend. Alans Hut flog davon. Trotzdem bewegte er sich nicht.

Der T-Rex stapfte zum Heck des Wagens, beugte sich abermals herab.

Ein Stoß traf das Wrack. Es drehte sich. Alan und Lex wurden von der anderen Wagenseite erfaßt und ein Stück geschoben, bis sie vor dem Wrack lagen – nur ein paar Meter vom Abgrund entfernt.

Der T-Rex schob den Wagen vor sich her, auf die Betonkante zu.

Alan und Lex krochen, so schnell sie konnten. Aber das Wrack folgte ihnen. Von dem schnaubenden Saurier geschoben, näherte es sich immer schneller.

Drinnen kam Tim zu sich. Er schrie, als er begriff, in welcher Lage er sich befand. Er versuchte, unter dem Sitz hervorzukriechen. Er schaffte es, er merkte, daß er es schaffte.

Alan und Lex waren zwischen dem Wrack und dem Abgrund gefangen. In Regen und Dunkelheit konnten sie den Saurier nur noch verschwommen erkennen. Aber er war da, turmhoch ragte er über ihnen auf.

Und dann beugte er sich wieder herab.

Von Entsetzen gepackt, sah Tim den massigen Schädel und die Augen, die gierig glühend nach ihm forschten. Er roch den stinkenden Atem des Ungeheuers; eine regelrechte Wolke davon schlug herein. Schreiend, in Todesangst, versuchte Tim zurückzuweichen. Aber da war kaum Platz.

Der T-Rex riß das Maul auf, stieß die riesige, übelriechende Zunge durch den verbogenen Rahmen des Heckfensters. Tim schrie und trat und schlug um sich, als die Zunge ihn packen wollte, ihn zu umschlingen versuchte.

Der T-Rex schaffte es nicht. Die Zunge verschwand aus dem Wageninneren. Das Ungeheuer brüllte vor Wut. Es wich ein Stück zurück. Und beugte sich abermals herab – um dem Wrack den letzten, vernichtenden Stoß zu versetzen.

Alan sah es kommen.

Er packte Lex und zog sie auf seinen Rücken. »Halt dich fest!« rief er.

Sie schlang die Arme um seinen Hals. Er kroch mit

ihr zur Stützmauer und packte einen der lose herüberhängenden Zaundrähte, daumendick wie ein Drahtseil. Ohne auch nur einen Sekundenbruchteil zu verschwenden, schwang er sich über die Kante und begann den Abstieg. Der Stahldraht war naß und glitschig vom Regen. Alan konnte nicht verhindern, daß sie immer schneller abwärts rutschten. Das einzige, was ihm blieb, war, so fest wie möglich zuzupacken. Der Draht glitschte unter seinen Händen dahin, rieb seine Handflächen zu siedender Hitze. Es kümmerte ihn nicht. Er keuchte, denn ohne es zu wollen, erwürgte Lex ihn fast, wie sie sich in Todesangst an ihn klammerte.

Über ihnen knarrte und ächzte das Autowrack, als es sich langsam über die Kante neigte.

Alan spähte zur Seite. Da waren weitere Drähte, außerhalb der Absturzrichtung des Wracks. Ohne zu zögern, stieß Alan sich mit den Füßen von der Betonmauer ab, gewann Schwung und versuchte, einen der anderen Drähte zu erwischen.

Er griff ins Leere. Sie pendelten zurück, rutschten weiter abwärts. Das Wrack über ihnen knarrte bedrohlicher. Und dann, mit dem neuen, stärkeren Schwung, erwischte Alan einen anderen Draht.

Der Wagen kippte über die Kante.

Nur wenige Zentimeter sauste das Wrack an Alan und Lex vorbei.

»Timmy!« schrie das Mädchen entsetzt.

Der Wagen krachte auf eine Baumkrone und blieb darauf liegen – etwa fünf Meter unterhalb von Alan und Lex. Mit dem Dach nach unten lag das Wrack im dichten Laub des Baumes.

Alan und Lex starrten nach oben.

Der Tyrannosaurus starrte mit gelbglühenden Augen

auf sie herab. Aber sie waren in Sicherheit, außerhalb seiner Reichweite. Er brüllte vor Wut, doch es nützte ihm nichts. Nach einem Moment drehte er sich um. Gleich darauf waren nur noch die dumpfen Laute seiner Schritte zu hören, als er davonzog.

Die Atmosphäre im Kontrollraum war noch angespannter als zuvor. Nichts hatte sich zum Besseren gewendet; nichts deutete darauf hin, daß die Lage sich auch nur irgendwie entspannen würde. John Hammond hatte Mühe, seine Wut zu unterdrücken. Wenn er sich noch beherrschte, so lag das nur an der Anwesenheit einer Lady. Dr. Ellie Sattler war mit der Tierärztin in deren Jeep zurückgekehrt. Während Gerry Harding sich in ihre eigenen Räume zurückgezogen hatte, war Ellie voller Sorge um die drei Männer und die Kinder in den Kontrollraum geeilt.

»Ich werde Nedry umbringen!« grollte Hammond. »Ich werde es tun! Verdammt, ich bringe ihn um!«

Muldoon stürmte herein.

Hammond ruckte herum. »Und?« blaffte er.

»Nichts«, antwortete der Jagdaufseher niedergeschmettert. »Keine Spur von ihm!«

Sekundenlang starrten sich die Männer an. Die Gedanken, die sich hinter ihren Stirnen jagten, ähnelten sich. Ohne Nedry, das wußten sie, war alles verloren. Niemand konnte diesen verdammten Computer in den Griff kriegen.

Die Hintergrundmusik aus Nedrys Terminal war lauter und aufdringlicher geworden.

»Kann das bitte mal jemand ausdrehen!« rief Hammond genervt.

Der Zigarettenstummel in Ray Arnolds Mundwinkel

war fast vollständig heruntergebrannt, als er mit seinem Drehstuhl zu Nedrys Terminal hinüberrollte. Über den Bildschirm dort liefen unverständliche Kommandozeilen in rascher Folge. Arnold starrte auf den Schirm, versuchte vergeblich, auch nur irgend etwas davon zu entziffern.

Ellie sah ihn ungläubig an. »Vielleicht *tun* Sie mal etwas!« rief sie vorwurfsvoll.

Arnold schüttelte ratlos den Kopf. »Ich habe alles durchgecheckt, was Nedry heute gemacht hat – jede Taste, die er angeschlagen hat. Das war alles ziemlich normales Zeug, bis dies hier kam ...« Er zeigte auf den Bildschirm, auf dem jetzt eine besonders markierte Kommandoserie zu sehen war.

Die anderen kamen näher und blickten über Arnolds Schultern.

»Mit diesem Befehl hier ...«, Arnold wies auf den Schirm, »... hat er die Sicherheitssysteme ausgeschaltet. Er wollte nicht, daß jemand sah, was er anschließend tun würde. Und nun sehen Sie sich seine nächste Kommandozeile an – das ist die, die alles ausgelöst hat. Wie er es auch angestellt haben mag, er hat damit sämtliche Systeme des Parks lahmgelegt. Und weil er die Backup-Funktion ausgeschaltet hat, kann ich seine Schlüsselbefehle nicht nachvollziehen. Die einzige Möglichkeit, die wir jetzt noch hätten, wäre, jeden einzelnen Befehl innerhalb des Programms zu überprüfen – einen nach dem anderen.«

»Und wie viele Befehlszeilen wären das?« fragte Ellie.

»Ungefähr zwei Millionen.«

Minutenlang herrschte Schweigen. Spätestens jetzt war allen klar, in welche Lage der Computerprogrammierer sie gebracht hatte.

Es war die Katastrophe, die niemand für möglich gehalten hatte. Außer...

Ellie mußte an Ian Malcolm und seine Chaos-Theorie denken.

Hammond wandte sich an Muldoon. »Robert, nehmen Sie einen Benzin-Jeep und holen Sie meine Enkelkinder!«

»Kein Problem«, antwortete Muldoon.

»Ich komme mit!« entschied Ellie.

Muldoon war einverstanden. Sie liefen auf die Tür zu.

John Hammond drehte sich um. Er blickte durch die Fenster an der Vorderseite des Kontrollraums. Außer Dunkelheit und prasselndem, sturmgepeitschtem Regen war dort nichts zu sehen. Es spielte keine Rolle. Hammonds Blick verlor sich ohnehin im Leeren. Er war blaß geworden, und Schweißperlen standen auf seiner Stirn. In seinem Kopf herrschte ein Tornado von Gedanken. Er vermochte keine Ordnung hineinzubringen. Und es gab bestimmte Gedanken, die er nicht an die Oberfläche kommen lassen wollte.

Du hast Fehler gemacht...

Dies alles war ein schlimmer Irrtum...

Nur allmählich drang Ray Arnolds Stimme in sein Bewußtsein. Er drehte sich um, stützte sich auf seinen Spazierstock. Zum ersten Mal sah er aus, als ob er den Stock wirklich brauchte.

»John!« rief Ray Arnold. »John!«

»Ja?« entgegnete der weißhaarige Mann gedankenversunken.

»Ich kriege Jurassic Park nicht wieder in Ordnung! Ohne Dennis Nedry ist das unmöglich!«

7

Der Jeep rauschte mit brüllendem Motor durch das Unwetter. Schlamm spritzte von den Reifen hoch, und das Wagenheck zog eine Fahne aus Nässe hinter sich her.

Nedry verspürte wachsende Weltuntergangsstimmung. Weit über das Lenkrad gebeugt, versuchte er, das trügerische Gelände zu meistern. Er gab sein Bestes, aber es nützte nichts. Er wußte, daß er den Schiffsanleger längst hätte erreichen müssen. Aber er war noch immer mitten in der Wildnis. Irgendwas stimmt nicht. Verdammt, verdammt! Sein Schweiß vermischte sich mit dem Regenwasser, das seine Kleidung durchtränkt hatte.

Der Weg beschrieb eine Kurve. Nedry nahm Gas weg, durchfuhr die Kurve problemlos und blickte zur Uhr. Als er den Kopf wieder hob, traf ihn der Schreck wie ein Hammer.

Eine Betonwand!

Im Scheinwerferlicht.

Nedry brüllte vor Schreck. Er stieg in die Bremse. Der Jeep begann zu schlingern und zu wedeln, schlidderte auf die Betonwand zu. Unaufhaltsam. Nedry riß das Lenkrad herum, um die Schleuderbewegung des Wagens unter Kontrolle zu kriegen. Es brachte ihm keinen Vorteil, abgesehen davon, daß er nicht gegen die Betonwand knallte.

Mit dem letzten Schwung rutschte der Jeep von der Piste herunter auf den Seitenraum. Und saß fest. Die Scheinwerfer erhellten die abfallende Böschung.

»Verdammt!« schrie Nedry, knallte den Rückwärtsgang hinein und gab Gas.

Die Antriebsräder drehten durch. Aber der Jeep rührte sich nicht vom Fleck, grub sich nur noch tiefer ein. Nedry weigerte sich, es zu glauben. Er heulte vor Wut, hämmerte mit den Fäusten auf das Armaturenbrett.

Plötzlich stockte er. Starrte ins Scheinwerferlicht.

Da unten, am Fuß der Böschung, ungefähr sieben Meter tiefer, war ein anderer Parkweg. Und auf der anderen Seite der Fahrbahn stand ein großer Wegweiser.

Nedry beugte sich hastig vor, wischte die beschlagene Scheibe frei und konnte die Schrift auf dem Schild lesen.

To East Dock

»Na also!« knurrte er. Vorsichtig schaltete er auf Vorwärtsfahrt um. Und gab Gas. Der Motor brüllte. Aber der Jeep bewegte sich keinen Zentimeter.

Nedry fluchte. Im nächsten Moment fiel ihm der Ausweg ein. Natürlich! Hölle und Teufel, darauf hätte er *gleich* kommen können! Er öffnete das Handschuhfach und nahm eine Taschenlampe und die Rasiercremedose heraus. Die Dose steckte er in die Jackentasche. Dann stieg er aus, schaltete die Taschenlampe ein.

Er klinkte die Verriegelung der Winde auf, vorn am Jeep. Dann nahm er den Haken des Drahtseils in die Linke, die Taschenlampe in die Rechte. Nur wenige Schritte brachte er aufrecht zustande. Dann saß er auf dem Hintern. Die Böschung war schlammig und weich, ein sicheres Zutreten war unmöglich. Nedry kam halb hoch, rutschte aus, schlug wieder hin. Da der Boden abschüssig war, erreichte er den tiefer gelegenen Weg trotzdem zügig. Endlich konnte er sich aufrappeln. Mit Hilfe der Taschenlampe sah er sich kurz um und entdeckte einen kräftig aussehenden Baum auf der anderen Seite des Weges.

Ein schwaches Heulen ertönte unvermittelt, von irgendwo, aus der Ferne anscheinend. Nedry schwenkte die Taschenlampe hin und her, konnte die Geräuschquelle aber nicht entdecken. Er warf einen Blick zur Uhr und machte mit seiner Arbeit weiter. Zwei Minuten hatte er noch. Er würde es schaffen. Keine Frage.

Während er das Seil um den Baumstamm legte, hörte er das Heulen wieder. Nedry wurde nervös. Er hob die Taschenlampe erneut, fächerte umher.

Und erstarrte.

Das Wesen stand ein paar Meter entfernt, zwischen den Bäumen. Es war nur etwa einen Meter und zwanzig Zentimeter groß und gefleckt wie eine Eule. Eine große Halskrause mit leuchtenden Farben umgab den verhältnismäßig kleinen Kopf. Von der Nase bis hinauf zur Augenpartie thronte auf dem Schädel ein V-förmiger Doppelkamm.

Ein Dilophosaurier.

Er sah nicht sehr gefährlich aus.

»Oha!« sagte Nedry und versuchte, so freundlich und gelassen zu klingen, als ob er versuchte, einen Kettenhund zu beruhigen. »Braver Junge, brav, brav! Nun lauf weiter! Lauf schon!«

Er befestigte das Windenseil mit Hilfe des Hakens. Dann überquerte er die Fahrbahn und stieg die Böschung hinauf.

Der Dilophosaurier hüpfte neben ihm her wie ein Känguruh, umkreiste ihn und tauchte plötzlich direkt neben ihm auf – mit einem verspielten Heulton.

»Verschwinde!« rief Nedry ärgerlich. »Hau ab! Geh nach Hause! Zeit fürs Abendessen! Hast du Hunger?

Na, dann geben sie dir was zu fressen. Hau schon ab, Junge! Oder Mädchen – oder was du bist!«

Der Dilophosaurier starrte Nedry nur an, indem er neugierig den Kopf neigte.

Nedry sucht kurz den Boden ab und fand einen Stock. Er schleuderte ihn weg, so weit er konnte. »Hol ihn!« rief er.

Der Dilophosaurier war zum Spielen aufgelegt – aber nicht zu dem Spiel, das Nedry im Sinn hatte. Der Saurier hüpfte davon, verschwand hinter einem Baum, tauchte auf der anderen Seite wieder auf und gab sein freundliches Heulen von sich.

»Was ist bloß mit dir los!« rief Nedry kopfschüttelnd. Er setzte seinen Aufstieg fort und murmelte vor sich hin: »Mußt ja ein Gehirn wie eine Walnuß haben, du ausgestorbenes Känguruh! Na warte, gleich fahren wir dich über den Haufen, du taube Nuß!«

Er war schon fast oben, als der Dilophosaurier plötzlich haargenau vor ihm auftauchte. Nedry erschrak, verlor das Gleichgewicht. Er kippte hintenüber und schlug der Länge nach in den Schlamm. Wütend, fluchend rappelte er sich wieder auf.

Er fand einen Gesteinsbrocken, schleuderte ihn auf das Tier und brüllte: »Verschwinde, hab ich gesagt!«

Der Saurier wurde getroffen, zuckte zusammen und heulte enttäuscht. Seine Gefühle schienen am meisten verletzt zu sein. Er hoppelte zur Seite.

Nedry erreichte den Jeep. Er drehte die Kurbel der Winde. Das Drahtseil spannte sich. Und schon wieder ertönte das Heulen. Nedry hob den Kopf.

Der Saurier stand sechs, sieben Meter entfernt, auf halber Höhe der Böschung.

Während Nedry das Tier noch wütend anstarrte,

nahm es den Kopf ein Stück zurück, um ihn im nächsten Augenblick ruckartig wieder vorzustoßen.

»Was, zum Teufel ...«, setzte Nedry an.

Etwas klatschte ihm auf die Brust. Fladenartig. Feucht. Er tastete mit der Hand nach dem klebrigen Zeug, das ihm die Jacke hinunterrann.

»Das ist ja ekelhaft!« schrie er empört.

Klatsch!

Die zweite Ladung traf den Scheinwerfer des Jeeps, unmittelbar neben Nedry. Er richtete sich auf. Verwirrung packte ihn. Er hob die rechte Hand. Damit hatte er den Speichel des Sauriers berührt. Die Hand fühlte sich merkwürdig an, wie halb gelähmt. Noch konnte er sie bewegen. Angst erfüllte ihn jäh.

Der Dilophosaurier fauchte jetzt. Die leuchtenden Farben seiner Halskrause glühten wild auf, und der Doppelkamm auf seinem Kopf blähte sich. Wieder nahm er den Kopf ein Stück zurück ...

... und spie!

Diesmal klatschte die Ladung Nedry mitten ins Gesicht.

Er schrie auf. Brennender Schmerz durchfuhr ihn vom Gesicht her. Verzweifelt versuchte er, das Zeug wegzuwischen, mit beiden Händen. Es brannte wie Feuer. Am schlimmsten waren die Schmerzen in den Augen. Nedry krallte seine Hände um die Augen. Der Schmerz wurde unerträglich. Er kippte hintenüber, in den Schlamm. Er nahm die Hände vom Gesicht, um sich wieder hochzustemmen. Er schaffte es, doch das Entsetzen war um so schlimmer.

Er blinzelte verzweifelt, ruderte mit den Armen.

Er war blind, konnte nichts mehr sehen!

Er stolperte vorwärts, tastete sich am Jeep entlang. Er schaffte es, die Tür zu öffnen. Doch er schlug mit dem Kopf gegen den Rahmen und brach neben dem Wagen zusammen.

Der Dilophosaurier saß neben dem Jeep. Er heulte wütend.

Nedry gelangte wieder auf die Beine. Panik und Todesangst ließen seinen massigen Körper erbeben. Seine Blindheit konnte nur vorübergehend sein. Er schickte ein Stoßgebet zum Himmel, daß es so sein möge. Er stolperte in die Richtung, in der er den Jeep wußte. Er wimmerte vor Freude, als er die offene Tür ertastete. Zitternd stieg er ein, knallte die Tür hinter sich zu. Er hielt sich die schmerzenden Augen und weinte wie ein Kind.

In diesem Augenblick ertönte wieder das Heulen.

Es war *im* Jeep!

Nedry fuhr herum und schrie sich die Kehle aus dem Leib. Er konnte den Saurier nicht sehen, und doch wußte er, wo die Bestie war – genau hinter ihm, auf der Sitzbank.

Das Tier fauchte lauter und wütender. Die Halskrause wedelte, vibrierte.

Und jäh stieß der Saurier auf Nedry zu.

Der schwergewichtige Mann wurde gegen das Fenster auf der Fahrerseite geschmettert. Die Scheibe zerbrach. Die Rasiercreme-Dose flog aus Nedrys Jackentasche und landete auf der Böschung.

Während Nedrys Schreie durch die Dunkelheit gellten, spülten Regen und Schlamm über die Dose. Schon jetzt war deutlich, daß sie bald in dem weichen Boden versinken würde.

Der Regen hatte aufgehört.

Alan und Lex befanden sich am Fuß der mächtigen Betonwand, die den Parkweg abstützte. Das Dickicht begann unmittelbar an der Mauer. Es war düster und unheimlich. Lex war starr vor Angst. Sie wagte nicht, sich zu rühren, als Alan sich über eine Pfütze beugte und sich das Blut aus dem Gesicht spülte. Lex atmete keuchend. Ihre Augen waren geweitet. Sie war nicht imstande, sich zu bewegen, fühlte sich wie gelähmt.

Alan stellte fest, daß er nur eine Schramme auf der Stirn hatte. Es hatte schlimmer ausgesehen, als es war. Die Schramme hatte geblutet wie verrückt. Er pflückte ein Blatt und preßte es auf die Wunde, um das Bluten zu stoppen.

Dann blickte er in den Baum hinauf, in dessen Krone das Explorer-Wrack hing. Es saß fest, mit der Schnauze nach unten, unmittelbar über den höchsten Zweigen des Dickichts. Lex' Keuchen wurde stärker. Sie war halb wahnsinnig vor Angst.

Alan wandte sich ihr zu. »He, he, nicht doch . . .« Er kam sich komisch dabei vor, wie er versuchte, väterlich beruhigend zu klingen. Er hatte nicht die leiseste Ahnung, wie man der verkleinerten Ausgabe von Erwachsenen Mut zusprach. Er hatte überhaupt keinen Schimmer, was man mit einem Kind anstellte, damit es nicht mehr nervte. Linkisch berührte er sie, strich ihr über das Haar. Aus einem fernen Winkel seiner Erinnerung hatte er die Erkenntnis gekramt, daß Kinder solche Berührungen wohl mochten.

Ihre Reaktion war bestürzend – für ihn. Sie warf sich plötzlich auf ihn zu, schlang die Arme um seine Hüften, schmiegte sich an ihn und klammerte sich schluchzend fest, als ob sie ihn nie wieder loslassen wollte.

»Lex, du mußt jetzt still sein«, hörte er sich behutsam sagen. »Sei ganz still jetzt!«

Es klappte. Sie beruhigte sich.

»Wenn wir nämlich zuviel Krach machen«, fügte er hinzu, »könnte der T-Rex uns hören und zurückkommen.«

Lex brach erneut in Tränen aus, sie weinte laut, fast klang es wie ein Schrei. Alan hielt sie fest. Er wußte nicht, was er sonst hätte tun können. Er sah sich um.

»Timmy!« rief er halblaut. »Timmy!«

Wie zur Antwort, vernahm er ein Knacken. Er spähte in den Baum hinauf. Das Wrack war ein Stück tiefer gesackt, kaum mehr als einen Meter.

Alan blickte auf das Mädchen hinab, das verteufelt den Eindruck machte, daß es ihn nie wieder loslassen wollte. Er versuchte, einen ihrer Arme von sich zu lösen, aber das bewirkte nur, daß sie sofort wieder laut zu weinen begann.

»Dad!« schluchzte sie. »Dad ...«

Alan erschrak von neuem. Er erinnerte sich an Hammonds Worte.

... die beiden erleben gerade die Scheidung ihrer Eltern ...

Himmel noch mal, in was für Probleme geriet er da hinein! Und was, zum Teufel, sollte man dagegen tun? Wie beruhigte man ein Kind, dem gerade der Vater weglief?

»Schschsch ...«, machte er. »Ich bin ja hier, Lex. Und ich werde auf dich aufpassen.« Er konnte nicht leugnen, daß ihm das Verhalten des Mädchens einen noch nie erlebten Stolz vermittelte. Auf einmal mußte er eine Rolle spielen, die er noch nie gespielt hatte.

Die Rolle des Beschützers.

Und wenn ihn nicht alles täuschte, gefiel ihm die Rolle sogar verdammt gut.

Abermals sah er sich um. Ein paar Meter entfernt erblickte er ein Abflußrohr, das aus der Betonwand ragte. Er ging hinüber und zog dabei Lex mit sich. Sie klammerte sich unverwandt an ihn.

»Ich muß deinem Bruder helfen«, sagte er. »Ich möchte, daß du dich hier in dies Rohr setzt und auf mich wartest.«

Lex schluchzte laut auf. »Er hat uns alleingelassen! Er ist von uns weggegangen!«

»Aber das werde *ich* nicht tun«, sagte Alan. »Okay?«

Unvermittelt ließ Lex ihn los und kroch in die Rohröffnung.

Alan wandte sich ab und ging zu dem Baum hinüber. Er atmete tief durch und ergriff den ersten Ast. Mit einem Klimmzug schwang er sich hinauf und kletterte zügig weiter. Zum Glück hatten die Äste ziemlich regelmäßige Abstände und waren stark genug, um einen ausgewachsenen Mann zu tragen.

Er erreichte die Höhe des Wagens und sah, daß er mit den Vorderrädern an einem besonders dicken Ast festhing. Alan war auf der Fahrerseite des Explorer. Er arbeitete sich an die Tür heran, faßte nach dem Griff und zog sie auf. Die Tür kreischte beim Öffnen.

Tim kauerte auf der Beifahrerseite, hatte die Beine angezogen, mit den Knien bis ans Kinn. Er sah Alan an. Das Gesicht des Jungen war von Tränen und Blut verschmiert, seine Stimme kaum hörbar.

»Ich habe mich übergeben.«

»Das macht nichts. Gib mir deine Hand.«

Tim rührte sich nicht.

»Ich werde niemandem erzählen, daß du dich übergeben hast«, versprach Alan. »Jetzt komm und gib mir deine Hand. Okay?«

Tim gehorchte. Aber sie schafften es nicht. Obwohl beide die Arme so weit wie möglich ausstreckten, erreichten sie sich nicht. Alan griff nach dem Armaturenbrett, um sich weiter in den Wagen hineinzuziehen. Im selben Atemzug spürte er, wie sich etwas bewegte.

Die Vorderräder!

Der Wagen ruckte. Es ging ihm durch Mark und Bein. Endlich erwischte er Tims Hand. Doch im selben Augenblick gab es eine ganze Serie von scharfen, berstenden Geräuschen. Zweige brachen. Der Wagen schwankte, ruckte erneut und rutschte auf Alan zu. Doch ebenso plötzlich hing das Wrack wieder fest.

Tim schrie und fiel auf Alan zu. Er hielt den Jungen fest, schlang den Arm um seine Hüfte. Beide zusammen rutschten sie aus der Fahrertür ins Freie – und in diesem Sekundenbruchteil bewegte sich der Wagen erneut. Alan spürte, wie sich seine Nackenhaare sträubten. Der zerschmetterte Explorer war jetzt direkt über ihnen.

Alan hielt sich mit der freien Hand, ließ sich gemeinsam mit Tim weiter hinunter, damit sie klettern konnten. Sie mußten weg vom Wrack, brauchten Bewegungsfreiheit. Der Junge war bestimmt der geschicktere Kletterer.

Zweige brachen krachend. Es hörte sich an wie von Feuerwerkskörpern. Das Wrack rutschte ein Stück und kam dann wieder zur Ruhe.

Doch bevor Alan auch nur erleichtert seufzen konnte, ging es von neuem los. Ein lautes Knarren durchlief das zerschundene Karosserieblech, und dann rutschte es auf dem Ast abwärts, der direkt in Alans und Tims Richtung führte.

»Runter, Tim!« rief Alan. »Los, runter mit dir!«

Und sie stiegen abwärts, so schnell sie konnten.

Der große Ast über ihnen würde den Wagen nur noch Sekunden halten. Die ersten Holzfasern zerrissen bereits mit vernehmlichem Prasseln. Jeden Moment konnte der Ast brechen. Und dann . . .

»Schneller!« rief Alan. »Schneller, Tim!«

Er schätzte, daß der Explorer auch in seiner abgespeckten Elektroversion mindestens noch eineinhalb Tonnen wog. Eineinhalb Tonnen Schrott, von denen er sich nicht gern erschlagen lassen wollte.

Der brechende Ast neigte sich.

Und brach.

Der Wagen stürzte herab, bahnte sich seinen prasselnden Weg durch Zweige und Blätter.

Geistesgegenwärtig ließen Alan und Tim sich los.

Sie fielen.

Meter tiefer krachten sie auf einen anderen Ast.

Der, auf dem sie vor einer Zehntelsekunde noch gestanden hatten, stoppte den Fall des Explorer-Wracks.

Alan und Tim *fielen* mehr, als daß sie den Baum hinunterkletterten. Sie rutschten von den nassen Ästen und Zweigen ab, fanden Halt, rutschten wieder, fanden abermals Halt.

Und wieder ertönte ein Bersten über ihnen.

Aus, dachte Alan, als er sah, wie das Auto in den freien Fall überging. Diesmal schien es keine Rettung mehr zu geben. Instinktiv riß Alan den Arm hoch, als ob er sich dadurch noch schützen konnte. Und er zog Tim an sich, um ihn mit seinem Körper zu decken. Alan schloß die Augen, wartete auf den alles vernichtenden Schlag.

Doch der Aufprall der Tonnenlast blieb aus. Kein

schrundiges Blechknäuel riß sie in die Tiefe. Nichts zerschmetterte sie.

Alan öffnete die Augen.

Und erstarrte.

Der Kühlergrill war direkt über ihm. Motoröl tropfte heraus, fiel ihm auf die Stirn.

Es blieb keine Zeit, mit dem Schock fertig zu werden. Denn auch der Ast, an dem das Wrack ein letztesmal hängengeblieben war, knackte und knisterte nun bedrohlich. Alan und Tim ließen sich fallen, überwanden die letzten zwei Meter im Sprung. Hart landeten sie auf dem Erdboden, und das Autowrack folgte ihnen wie ein angreifendes Tier. Alan packte Tim, rollte sich mit ihm zur Seite.

Ein wummernder Schlag traf den Erdboden – haarscharf hinter ihnen.

Das Wrack war mit dem Kühler voran aufgeprallt, stand senkrecht. Alan und Tim blickten erleichtert auf. Doch im selben Moment mußten sie begreifen, daß sie sich zu früh gefreut hatten. Das verdammte Ding war immer hoch hinter ihnen her. Und diesmal gab es kein Entrinnen.

Es kippte.

Alan und Tim konnten nicht mehr schnell genug auf die Beine kommen. Alan tat das einzige, was ihm blieb. Er warf sich über Tim, um ihn abermals mit seinem Körper zu schützen.

Ohrenbetäubendes Krachen brach über sie herein. Alan wunderte sich, daß er keine Schmerzen spürte. Und seltsamerweise konnte er den Kopf heben. Er war unverletzt. Und verwirrt. Erst nach Sekunden begriff er.

Tim und er waren in dem Explorer.

Das offene Sonnendach hatte sich über sie gestülpt,

und in dem Hohlraum waren sie beide unverletzt geblieben.

Alan schnaufte. »Ich hasse Autos«, knurrte er.

Lex hatte sich tiefer in das Abflußrohr zurückgezogen. Noch immer bebte sie vor Angst. Sacht schlug sie mit dem Kopf gegen das Rohr, doch es gelang ihr nicht, die Angst dadurch zu vertreiben.

Alan hatte ein paarmal versucht, auf sie einzureden, sie zu beruhigen. Sie reagierte nicht. Achselzuckend hatte er es aufgegeben. Okay, er hatte angefangen, sich an die beiden Kinder zu gewöhnen. Irgendwie spürte er, daß sie anfingen, ihm sympathisch zu werden. Sicher lag das an der Notsituation, an dem Gefühl, daß sie ihn als Beschützer brauchten. Erstaunlicherweise konnte er sich vorstellen, wie es für sie sein mußte, ihren Vater zu verlieren. So eine Scheidung mußte für Kinder grausam sein.

Eine Weile stand er mit Tim unschlüssig vor der Rohröffnung. Sie horchten in die Dunkelheit, vermochten aber keine Geräusche zu hören, die auf die Nähe des Tyrannosaurus hätten schließen lassen. Alan war sich darüber im klaren, daß sie nicht hierbleiben konnten. Die Gefahr, daß der T-Rex zurückkehrte und einen Weg zu ihnen herunter fand, war zu groß.

Während er noch überlegte, fiel Alan der Lageplan ein, den er bei der Dia-Show im Vorführraum eingesteckt hatte. Er zog das Faltblatt aus der Tasche, klappte es auseinander und studierte die Zeichnung vom Park mit seinen Einrichtungen. Die Besichtigungsrouten durch den Dschungel waren nur grob vereinfacht dargestellt. Alan fand die T-Rex-Koppel und die Straße, auf der sie von dem Raubsaurier angegriffen worden waren. So konnte er sich für eine Richtung entscheiden, in die sie gehen mußten. Er steckte das Faltblatt wieder ein.

Abermals beugte er sich hinab und blickte in das Rohr, zu Lex.

»Nun komm endlich raus, Lex«, sagte er. »Sich zu verstecken, ist keine vernünftige Lösung. Wir müssen unsere Lage verbessern.«

Das Mädchen rührte sich nicht. Alan wechselte einen Blick mit Tim. Der Junge sah seine Schwester kopfschüttelnd an und verdrehte die Augen.

»Na, dann viel Glück«, sagte Tim zu Alan, in einem Tonfall, der klarmachte, daß es praktisch unmöglich war, eine ältere Schwester von irgend etwas zu überzeugen, das sie nicht einsehen *wollte*.

»Tim ist hier draußen«, sagte Alan. »Ihm geht es gut.«

Wieder nichts.

»Natürlich ...«, fuhr Alan fort, »... könntest du da drinnen warten, bis wir zurück sind und Hilfe geholt haben.«

»Ja, gehen wir!« rief Tim.

»Du bist wahrscheinlich sicher – in dem Rohr«, erklärte Alan. »*Bestimmt* bist du sicher. Obwohl wir das nicht genau sagen können.«

»Lügner!« schrie Lex plötzlich. »Sie haben gesagt, Sie würden nicht weggehen!«

Alan hatte die Nase voll. Er herrschte sie an: »Ich probiere lediglich unterschiedliche Argumente aus, um dich aus dem verdammten Kanalrohr rauszukriegen!«

Sie starrte ihn an, als ob er den Verstand verloren hätte. Tim bedachte Alan mit einem mitleidigen Blick, als wollte er sagen: *So kannst du bei ihr erst recht nicht landen.*

Alan atmete tief durch. Er senkte seine Stimme. Leise und entschieden sagte er: »Wir werden jetzt einfach nach Hause gehen. Gemeinsam!« Sekundenlang sah er das Mädchen an, ehe er weitersprach: »Aber wir können nicht auf der Straße zurückgehen. Der T-Rex hat sie sich bestimmt als Futterplatz ausgesucht. Das bedeutet, er kann zwischen uns und dem Hauptareal sein. Auf jeden Fall aber wird er auf der Straße nach mehr Beute suchen. Also sind wir hier unten sicher. Und wir gehen dort hindurch.« Er zeigte auf das Dickicht. »Was hältst du davon?«

Einen Moment herrschte Schweigen. Alan glaubte fast, daß seine Bemühungen schon wieder vergebens gewesen waren.

Doch unvermittelt, statt einer Antwort, kroch Lex aus dem Kanalrohr ins Freie.

Als sie auf einmal neben ihm stand, empfand Alan eine Art von Stolz, die er nie vorher gekannt hatte. Er strich den beiden Kindern über das Haar.

»Gehen wir?« sagte er dann.

Tim und Lex nickten, und er setzte sich in Bewegung – in die Richtung, die er sich eingeprägt hatte. Die Kinder folgten ihm. Er begann, sich einen Weg durch das Dickicht zu suchen. Es war nicht überall zugewachsen; es gab Schneisen und Lichtungen. Zum Glück war also kein Buschmesser erforderlich – das sie ja nicht besaßen.

»Mag sein, daß wir etwas langsam vorankommen«, sagte er. »Aber mehr als drei bis vier Meilen werden es nicht sein. Ich hatte gehofft, der T-Rex würde jetzt genug gefressen haben, aber wir wollen uns nichts vormachen. So ein fleischfressender Saurier kann bis zu einem Viertel seines Körpergewichts fressen – während einer einzigen Mahlzeit. Also wird er sich jetzt wahrscheinlich gerade auf den Hauptgang vorbereiten . . .«

Er hielt inne, als er merkte, daß er allein war. Er drehte sich um, ging die paar Schritte zurück.

Beide Kinder kauerten in dem Abflußrohr.

»Na, das war wohl nichts, Alan«, sagte der Wissenschaftler zu sich selbst.

Dr. Ellie Sattler hatte sich auf den Beifahrersitz geschwungen. Robert Muldoon scheuchte den offenen Jeep in halsbrecherischem Tempo über die Parkstraße. Die Paläobotanikerin und der Jagdaufseher sprachen kein Wort. Beide hingen ihren Gedanken nach. Es waren furchteinflößende Gedanken. Ellie erschauerte bei all den verschiedenen Vorstellungen dessen, auf das sie möglicherweise stoßen würden.

Das Scheinwerferlicht des benzingetriebenen Geländewagens fraßen sich in die Dunkelheit. Nach einer letzten Kurve erreichten sie die Anhöhe neben der T-Rex-Koppel. Ihnen stockte der Atem.

Muldoon trat reflexartig auf die Bremse. Der Jeep schlidderte über den schlammigen Untergrund. Ellie und Muldoon sprangen hinaus, kaum daß der Wagen stand.

Der Boden war aufgewühlt. Das Betonhäuschen war ein Trümmerhaufen. Einer der Explorer war verschwunden. Der zweite stand unbeschädigt da, beide Türen geöffnet.

»O nein!« hauchte Ellie, während sie auf den Elektrowagen zulief. »O Gott, nein!« Sie beugte sich in die Türöffnung.

Der Wagen war leer.

Muldoon erreichte die Trümmer des Toilettenhäuschens. Er kletterte auf den Schutt, suchte ihn mit der Taschenlampe ab. Etwa in der Mitte des Haufens aus Betonbrocken und zersplittertem Holz prallte er zurück. Er nahm den Hut ab und schluckte krampfhaft.

Ellie lief zu ihm, stieg neben ihm auf die Ruine. »Haben Sie etwas gefund . . .?« Das Wort blieb ihr im Hals stecken.

Sie warf sich herum und stolperte zur Seite. Ein paar Schritte entfernt blieb sie stehen und kämpfte gegen das Würgen im Hals. »O Gott!« stieß sie mühsam hervor.

»Ich glaube, dies war Gennaro«, sagte Muldoon.

»Das glaube ich auch«, antwortete Ellie mit erstickter Stimme. Sie krümmte sich, stemmte die Hände auf die Knie. Schweratmend kämpfte sie gegen den Brechreiz an.

Aus weiter Ferne hörten sie ein tiefes Grollen, ein Brüllen voller Wut und Gier.

Der Tyrannosaurus rex.

Ellie wußte es, obwohl sie noch nie in ihrem Leben die Stimme einer Bestie aus der Urzeit gehört hatte. Sie wußte es sofort. Angsterfüllt richtete sie sich auf, horchte. Muldoon tat das gleiche. Dann lief er zu ihr.

»Der T-Rex scheint irgendwo vor uns zu sein«, mutmaßte Ellie.

Muldoon nickte. »Er kann überall sein. Die Zäune sind ausgeschaltet. Das heißt, er kann raus und rein, wo er will.«

Ein Stöhnen ließ sie herumrucken.

Es drang aus den Resten des Betonhäuschens.

Sie liefen hin, so schnell es der schlammige Boden erlaubte.

Mit Hilfe der Taschenlampe suchte Muldoon erneut, indem er an der rückwärtigen Seite des zerstörten Häuschens begann. Es dauerte nur Sekunden, dann fanden sie ihn, unter zerborstenem Holz und zwischen grauen Trümmerbrocken.

Er lag auf dem Rücken, halb bewußtlos.

»Es ist Malcolm!« rief Muldoon. Er ließ den Lichtkegel der Taschenlampe über den Körper des Mathematikers gleiten. Sein Hemd war blutgetränkt. Sein rechtes Bein sah noch schlimmer aus. Das Fußgelenk war in einem unnatürlichen Winkel gekrümmt. Die Hose, ebenfalls blutgetränkt, lag auf dem verletzten Bein wie eine glitschige Haut. Der Hosengürtel war um seinen Oberschenkel geschlungen, so fest, daß er einschnürte.

»Er hat sich das Bein abgebunden!« rief Ellie voller Mitgefühl und Bewunderung. Sie kniete neben ihm nieder.

Malcolm stöhnte, als sie ihn berührte. Und er schlug die Augen auf. Ein Leuchten war in seinen Pupillen zu beobachten, als er Ellie und Muldoon erkannte. Und er krächzte: »Erinnern Sie mich daran, daß ich mich bei John Hammond für dieses reizende Wochenende bedanke!«

Es blieb keine Zeit, über Malcolms ungebrochenen Humor zu schmunzeln.

Denn auf einmal war wieder das Brüllen des T-Rex zu hören.

Näher jetzt.

Ellie und Muldoon wechselten einen Blick. Beide erschauerten. Ellie deutete auf Malcolm. »Können wir es riskieren, ihn zu bewegen?«

»Bitte – riskieren Sie es!« stöhnte Malcolm.

Muldoon brummte zustimmend. Beide steckten ihre Taschenlampen ein. Ohne Umschweife hoben sie den

Schwerverletzten an, indem sie ihn so behutsam wie möglich an Schultern und Beinen ergriffen. Sie trugen ihn zu dem offenen Jeep und betteten ihn auf die hintere Sitzbank.

Keuchend sah Ellie sich um. Ihre Augen füllten sich mit Verzweiflung, als sie die leere Fahrbahn absuchte. Wo, um Himmels willen, waren Alan und die Kinder? Ellie war nahe daran, in Tränen auszubrechen. Die Vorstellung, daß die drei . . .

Sie brachte es nicht fertig, den Gedanken zu Ende zu führen.

Muldoon legte die Hand auf ihre Schulter. »Ich habe viele Angriffe von Raubtieren miterlebt, Ellie. In vielen Fällen verschwinden die Opfer einfach. Spurlos. Kein Blut. Keine Überreste. So passiert das nun mal.«

Mit einer heftigen Bewegung schüttelte sie seine Hand ab. Sie lief zum Straßenrand, folgte den tiefen Schleifspuren, die der Explorer gezogen hatte. Dann leuchtete sie mit der Taschenlampe über die Mauerkante.

Sie riß die Augen auf.

Und rief: »Der andere Wagen!«

Muldoon eilte herbei. Gemeinsam suchten sie eine geeignete Stelle für den Abstieg.

Minuten später erreichten sie das Wrack des Elektrowagens. Ellie warf sich lang hin, leuchtete in den zerborstenen Wagens. Systematisch suchte sie jeden Quadratzentimeter ab. Muldoon war unmittelbar hinter ihr. Seine Nervosität wuchs.

Denn das Brüllen des T-Rex war erneut zu hören.

Noch näher jetzt.

Muldoon räusperte sich. »Also, Ellie . . .« Doch er gab den Versuch auf, als er merkte, daß sie ihn gar nicht hörte.

Ellie suchte mittlerweile den Erdboden rings um den Explorer ab – wie ein Kriminalbeamter bei der Spurensuche.

Dr. Ian Malcolm war bei Bewußtsein. Und sein Wahrnehmungsvermögen registrierte etwas, das ihn nur noch wacher werden ließ. Es gelang ihm, den Kopf zu heben und sich so zu drehen, daß er aus dem Wagen blicken konnte.

Die Fußspuren des T-Rex zeichneten sich in dem schlammigen Boden deutlich ab. Einer dieser Fußabdrücke war in unmittelbarer Nähe des Jeep, mit Wasser gefüllt. Eine Pfütze in der Form einer riesigen Klaue.

Die Wasseroberfläche der Pfütze vibrierte.

Malcolms Augen weiteten sich.

Im selben Moment hörte er das Dröhnen auf dem Erdboden.

Die Schritte des Sauriers!

»Äh – hat das vielleicht jemand gehört?« fragte Malcolm zaghaft in die Dunkelheit.

Er konnte nicht aufhören, das Wasser in der Pfütze zu beobachten.

Die Ringe auf der Oberfläche wurden immer größer.

»Hm . . .«, murmelte er. »Das wird durch eine Erschütterung des Erdbodens hervorgerufen. Ganz klar.«

Das Dröhnen der Saurierschritte nahm zu.

»Ehrlich gesagt . . .«, sprach Malcolm mit der Dunkelheit, ». . . bin ich ein bißchen in Sorge – hier . . .«

Sie hatte sich aufgerappelt, aber deswegen gab sie die Suche noch lange nicht auf. Muldoons Nerven wurden auf die Zerreißprobe gestellt.

Ellie verharrte plötzlich. »Sehen Sie doch!« rief sie.

Muldoon war mit zwei Schritten bei ihr. Der Lichtkegel ihrer Taschenlampe hatte drei unterschiedliche Fußabdrücke erfaßt. Das waren eindeutig Alan und die Kinder gewesen. Die Spuren führten auf den Dschungel zu und verschwanden darin.

Wieder brüllte der Raubsaurier.

Endlich gelang es Muldoon, Ellie davon zu überzeugen, daß sie zum Jeep zurück mußten. »Wenn die Bewegungsmelder erst mal wieder eingeschaltet sind, finden wir sofort heraus, wo Dr. Grant und die Kinder sind. Wir brauchen dann nur rauszufahren und sie aufzusammeln.«

Sie stiegen zur Straße hinauf und liefen auf den Jeep zu. Muldoon schwang sich hinter das Lenkrad. Ellie nahm ihren Platz auf dem Beifahrersitz ein und war immer noch in Gedanken versunken. Muldoon erklärte fortwährend weiter, wie man vom Kontrollraum aus jede Bewegung im Park orten konnte.

»Halt die Klappe!« rief Malcolm. »Hört euch das lieber an!«

Muldoon gehorchte.

Das Dröhnen war lauter geworden. Lauter und schneller. Viel schneller.

Sie drehten sich um.

Da geschah es.

Ellie schrie auf.

Der riesige Saurier brach aus dem Dickicht hervor – höchstens dreihundert Meter entfernt. Die Augen des Ungeheuers glühten gelblich-rot. Das heisere Brüllen war wie eine Sturmbö – wie die Ankündigung der Katastrophe, die über die drei Menschen im Jeep hereinbrechen sollte.

Panik packte sie.

Denn nach einem Moment triumphierenden Verharrens stürmte der T-Rex los. Er erreichte fünfzig Stundenkilometer. Mühelos, denn er hatte die sichere Beute vor Augen. Es war ihm nicht entgangen, wie sich seine Opfer im Jeep bewegt hatten. Die Freßgier trieb ihn zu höchstem Tempo an. Und die Entfernung schmolz rasch.

Zweihundertfünfzig Meter.

»Losfahren!« schrie Malcolm. »Fahr los, Mann! Fahr! Fahr! Fahr! Fahr!«

Gehetzt griff Muldoon nach dem Schlüssel. Er ließ den Motor an. Wendete in fliegender Hast. Knallte den ersten Gang hinein. Ließ die Kupplung kommen. Gab Gas. Obwohl er versuchte, es sorgfältig zu tun, drehten die vier angetriebenen Räder durch. Schlamm spritzte hoch. Es dauerte quälend lange, bis der Jeep sich überhaupt in Bewegung setzte.

Und die Bestie trampelte im Sturmtempo hinter ihnen her, daß der Erdboden zu schwanken schien.

Zweihundert Meter.

Hundertfünfzig ...

Endlich gewann der Jeep an Fahrt. Doch immer noch viel zu langsam. Es war, als müßte Muldoon den Schaltknüppel durch zähflüssigen Sirup bewegen. Und die Pferdestärken unter der Motorhaube schienen von trägen Kaltblütern zu stammen. Doch der Jeep war so schnell und wendig wie immer. Der Eindruck der entnervenden Schwerfälligkeit entstand durch den Verfolger.

Durch seine ungeheure Schnelligkeit.

Durch das Dröhnen seiner Schritte.

Durch das Erbeben des Erdbodens.

Durch das Fauchen und Brüllen der Bestie.

Hundert Meter nur noch. Der Abstand verringerte

sich immer schneller. Und das, obwohl die Tachonadel nun zügig kletterte. Ein Blick in den Außenspiegel ließ Ellie erstarren.

Das Ungeheuer kam näher und näher.

Fünfzig Meter.

Ellie schrie. Muldoon und Malcolm drehten sich um. Allen dreien schien es, als würde der Jeep stehen. Dabei stieg die Tachonadel schon der Vierzig-Kilometer-Marke entgegen.

Muldoon wandte sich als erster wieder nach vorn.

Neuer Schreck fuhr ihm in die Knochen.

Der Stamm eines halb umgestürzten Baums hing quer über der Fahrbahn.

»Runter!« brüllte Muldoon. »Runter, verdammt noch mal!«

Unter dem Stamm war ein Meter Platz, vielleicht ein paar Zentimeter mehr.

Malcolm nahm den Kopf herunter, Ellie und Muldoon duckten sich, so tief sie konnten. In der nächsten Sekunde krachte es über ihnen. Die Windschutzscheibe wurde wegrasiert. Ein fast lächerliches Geräusch im Vergleich zu dem Getöse des T-Rex hinter ihnen.

Doch nun beschleunigte der Jeep spürbar. Das Drehmoment der Sechszylinder-Maschine entfaltete sich voll.

Der T-Rex kümmerte sich nicht um das Hindernis. Unter dem Anprall des riesigen Tiers zerbrach der Baumstamm wie ein Streichholz.

Bis auf dreißig Meter war der Tyrannosaurus heran.

Und jetzt merkte er, daß seine sicher gewähnten Opfer in ihrem Vehikel schneller wurden, daß sein Lauftempo letztlich doch nicht ausreichen würde.

Mit einem gewaltigen Sprung versuchte er, den Jeep zu erreichen.

Das Maul des Sauriers krachte gegen das Wagenheck.

Der Jeep machte einen Satz. Malcolm wurde nach vorn geschleudert. Ungewollt stieß er gegen den Schalthebel, rammte ihn in Leerlaufposition. Der Motor heulte auf.

Wieder kam das Ungeheuer näher.

Robert Muldoon reagierte geistesgegenwärtig und so blitzartig, wie ein Mensch in dieser Situation nur reagieren konnte.

Er knallte den Gang wieder hinein.

Und abermals beschleunigte der Sechszylinder mit bulliger Kraft.

Der T-Rex gab auf, fiel zurück.

Minutenlang herrschte Schweigen in dem offenen Wagen. Ihnen allen war bewußt, welcher tödlichen Gefahr sie soeben entronnen waren. Und dann war Ian Malcolm schon fast wieder der alte, als er sagte:

»Ob das auch mit ins Besichtigungsprogramm aufgenommen wird?«

8

Es gab keine Pfade durch das Dickicht von Jurassic Park. Deshalb kamen sie nur langsam voran. Alan bahnte den Weg für Lex und Tim. Gelegentlich lichtete sich der Dschungel, dann ging es zügiger vorwärts. Doch oft schon nach kurzer Zeit mußten sie sich wieder durch wuchernde Tropenpflanzen der Urzeit kämpfen.

Sie erreichten den Rand einer Lichtung.

In der Mitte ragte ein Pfahl auf, von dem mattschimmernden Gehäuse eines Bewegungsmelders gekrönt.

Tim erblickte das Ding als erster. Er rannte darauf zu, blieb darunter stehen und ruderte wie wild mit den Armen. »He!« schrie er. »Wir sind hier! Hier sind wir!«

Alan und Lex folgten ihm. Der Paläontologe klopfte dem Jungen auf die Schulter. »Das klappt nicht, Tim. Wenn der Strom noch nicht wieder eingeschaltet ist, funktionieren auch die Bewegungsmelder nicht. Was für eine Kennzeichnung hat dieser hier, unten am Gehäuse?«

»T null-drei«, las Tim vor.

Alan checkte ihre Position, indem er den Lageplan zu Rate zog. »Der letzte, den wir gefunden haben, war T null-vier. Das bedeutet, wir bewegen uns nach Westen. Und das ist gut.« Einen Moment lang blickte er schweigend auf das Faltblatt. »Glaube ich jedenfalls.« Er steckte die Karte ein.

Lex nahm Alans Hand, wie zuvor, und sie hielt sie fest. Tim schloß sich ihnen an, ging aber ein Stück seitlich von ihnen. Er stolperte, als sie eine Fläche erreichten, die von den Luftwurzeln mächtiger Bäume überwuchert war.

»Soll ich dir die Hand geben?« fragte Alan.

Tim schüttelte den Kopf und kletterte entschlossen über die Baumwurzeln.

»Er wird niemals die Hand von irgend jemand nehmen«, sagte Lex. »Timmy *ist* ein Dinosaurier. Ein Ab-Arto-Saurus!«

»Superhirnsaurus!« konterte ihr Bruder.

Und Lex ging auf das Spiel ein: »Prolosaurus!«

»Könntet ihr Typen mal für einen Moment damit aufhören und ...« Alan unterbrach sich. Er horchte, ohne es sich jedoch anmerken zu lassen.

Aus der Ferne war ein Brüllen zu hören.

»Was war das?« fragte Lex erschrocken.

»Ich habe nichts gehört«, behauptete Alan.

Sie setzten ihren Weg fort. Ohne daß die Kinder es bemerkten, sah Alan sich nach einem Versteck um. Einem *sicheren* Versteck. Die Bäume in ihrer Umgebung waren schwindelerregend hoch.

»Ihr beide müßt ziemlich müde sein«, meinte Alan. »Ich schlage vor, daß wir uns langsam einen Platz zum Ausruhen suchen.«

Abermals hörte er ein Brüllen.

Nach ein paar Schritten entdeckte er einen Baum, der hoch genug und zum Klettern gut geeignet war. Die Äste hatten die richtigen Abstände. Und die Baumkrone schien ausladend genug, um den Platz zu bieten, den sie für die Nachtruhe brauchten.

Alan ließ die Kinder vorANklettern. Er folgte ihnen dichtauf, um ihnen helfen und sie auffangen zu können, falls sie abstürzten.

»Ich hasse Bäume«, sagte Tim.

»Ich auch, Tim«, antwortete Alan.

Sie waren der Spitze des Baumes schon recht nahe, als sie eine Pause einlegten, sich auf einen dicken Ast setzten und die Beine baumeln ließen.

Schon jetzt waren sie hoch genug, um den Dschungel überblicken zu können. Sie hatten einen geradezu atemberaubenden Ausblick auf den Park. Der Vollmond tauchte das Land mit seinen Wäldern und Wiesen, seinen Hügeln und Ebenen in ein mattsilbernes Licht.

Am faszinierendsten aber waren Dutzende von Saurierköpfen – kleinen Köpfen, die an langen Hälsen über die Baumkronen hinausragten.

»Brontosaurus . . .«, sagte Tim. »Ich meine, das sind Brachiosaurier.«

»Es ist schon richtig, sie Brontosaurus zu nennen«, entgegnete Alan. »Es ist ein großartiger Name. Ein romantischer Name. Er bedeutet ›Donner-Echse‹.«

Das gefiel Tim. »Donner-Echse . . .«, wiederholte er beeindruckt.

Sie kletterten weiter und erreichten eine Gabelung von Ästen. Alan stellte fest, daß es der geeignete Platz war. Wie ein Nest. Er ließ sich darin nieder und lehnte sich mit dem Rücken gegen den höher aufragenden Stamm. Links und rechts neben Alan war noch genug Platz. Lex setzte sich neben ihn und schmiegte sich an ihn. Alan war überrascht, aber er ließ es geschehen.

Tim kletterte ein Stück weiter, bis er eine eigene Astgabel gefunden hatte.

In der Stille konnten die drei nun ein fernes Heulen hören. Fraglos stammte es von den Brachiosauriern. Einige Töne klangen fast so, als ob die Tiere musikalisch wären.

»Hört euch das an!« flüsterte Alan. »Sie singen!« Er lächelte beglückt. Doch nach einem Augenblick zerfaserte sein Lächeln und wich einem Ausdruck von Verwirrung. »Das ist komisch«, murmelte er, mehr zu sich selbst. »Nein, ich muß mich irren.«

»Was?« fragte Tim.

»Na ja . . .«, antwortete Alan gedehnt. »Natürlich hat das noch niemand von einem Dinosaurier gehört – aber es klingt mir sehr stark nach einem Paarungsruf. Aber wie soll das möglich sein – in einer ausschließlich weiblichen Saurier-Gesellschaft?«

Seine Gedanken wanderten weiter.

Aus einer plötzlichen Idee heraus heulte er selbst los. Er versuchte, die Sauriertöne nachzuahmen. Und es gelang ihm offenbar sehr gut.

Denn fünf oder sechs der Saurierköpfe drehten sich augenblicklich in seine Richtung und heulten zurück.

»Nicht!« rief Lex entsetzt. »Machen Sie das bloß nicht noch mal! Locken Sie die Monster nicht auch noch an!«

»Das sind keine Monster, Lex. Nur Tiere. In diesem Fall handelt es sich um Herbivoren.«

»Das bedeutet, daß sie nur Pflanzen fressen«, erklärte Tim mit der Erhabenheit des Besserwissers.

»Ich hasse die andere Sorte«, sagte Lex schaudernd.

»Sie tun nur das, wozu sie geboren wurden«, erklärte Alan.

Eine Weile herrschte Schweigen. Alle drei blickten auf den Park hinaus, und jeder hing seinen Gedanken nach. Lex legte ihren Kopf an Alans Schulter.

»Sind Sie und Dr. Sattler verheiratet?« fragte sie.

Augenblicklich hielt Tim sich die Ohren zu und redete wie ein Automat: »Pteradactyl, Allosaurus, Iguanodon, Oviraptor, Segnosaurus ...«

Lex verdrehte die Augen. »Immer, wenn er das Thema wechseln will, redet Timmy über Dinosaurier.«

»Das ist okay«, grinste Alan. »Das tue ich auch immer.«

»Also, wie kommt es ...«, setzte Tim zu einer umständlichen Frage an, »... daß, wenn Dinosaurier zu Vögeln wurden, die Vögel keine Zähne haben, die Dinosaurier aber doch?«

»Das ist Evolution«, antwortete Alan. »Ganz einfach: Während sich die Vögel entwickelten, verloren sie ihre Zähne und schluckten statt dessen Steine für ihren Muskelmagen.«

»Okay, das habe ich verstanden«, antwortete Tim. »Aber wenn das die Evolution war, müßte es dann nicht so was wie ein fehlendes Glied in der Kette geben? Müßte es nicht kurze Zeit nach den Dinosauriern Vögel mit Zähnen gegeben haben – bis die richtigen Vögel kamen? Oder wo sind die Vögel mit Zähnen heute?«

»Wie bitte?« rätselte Lex.

Alan erklärte es ihr. »Er meint wohl, daß die Verwandtschaft zwischen Sauriern und Vögeln nichts weiter als einfache Konvergenz* ist – und kein Ergebnis der Evolution.«

Tim stellte es richtig. »Was ich meine, ist: Zeigen Sie mir die Vögel ohne Zähne!«

Alan nickte ihm lächelnd zu, und Tim machte es sich in seiner Astgabel gemütlich. Auch Alan ruckte hin und her, bis er eine halbwegs bequeme Lage gefunden hatte. Da war nur etwas in seiner Tasche, das ihn piekte. Er griff danach und förderte es zutage. Es war die Klaue des Velociraptors, die er vor so langer Zeit in Montana ans Tageslicht befördert hatte.

Vor so langer Zeit?

Es war erst gestern gewesen.

Doch es schienen Jahre zwischen diesen beiden Tagen zu liegen.

Jahrmillionen.

Lex bemerkte das Ding, das er in der Hand hielt. »Was werden Sie und Ellie machen, wenn Sie keine Dinosaurierknochen mehr ausgraben müssen?«

»Tja«, schmunzelte Alan. »Dann werde ich wohl auch evolvieren müssen.«

Er ließ die Klaue achtlos zu Boden fallen.

Tim gähnte. Beide Kinder schlossen die Augen.

* biologisch: Erscheinung, bei der gleiche äußere Bedingungen zur Ausbildung ähnlicher Gestalt und Organe bei genetisch verschiedenen Lebewesen führen.

Doch kurze Zeit später riß Lex die Augen plötzlich wieder weit auf. »Was ist, wenn die Dinosaurier kommen, während wir schlafen?«

»Ich werde wach bleiben«, antwortete Alan.

»Die ganze Nacht?«

»Die ganze Nacht.«

Ellie betrat das Restaurant im Besuchercenter. Der große Raum war fast völlig dunkel. Nur in einer Ecke flackerte ein Licht. Eine Kerze. Auf einem Tisch.

Ellie sah, daß es John Hammond war, der dort saß. Mutterseelenallein. Vor ihm stand ein Kunststoffeimer voll Eiskrem. Er aß Eis von einem Teller und starrte dumpf brütend vor sich hin.

Er blickte auf, als Ellie näher kam. Seine Augen waren verquollen, sein Haar zerzaust. Das unternehmungslustige Feuer war aus seinen Augen verschwunden. Er deutet auf den Eiseimer. »Es fängt alles an zu schmelzen.«

Ellie nickte nur. Sie setzte sich ihm gegenüber. Er schob ihr einen unbenutzten Löffel zu. Sie zog den Eimer zu sich herüber und begann, daraus zu essen. »Malcolm ist erst mal versorgt. Ich habe ihm eine Morphiumspritze gegeben.«

Hammond nickte nur. Schweigend aßen sie weiter. Ein Träne lief Ellie über die Wange. Sie hob die Hand und wischte die Träne weg. Ärgerlich. Hammond bemerkte es. Er steckte den Arm über den Tisch und legte seine Hand auf die ihre. Er tätschelte sie beruhigend.

»Sie werden alle heil zurückkommen«, sagte er zuversichtlich. »Wer könnte die Kinder sicherer durch den Jurassic Park bringen als ein Saurier-Experte?«

Auch diesmal nickte Ellie nur. Abermals entstand eine Pause.

Wieder war es Hammond, der das Schweigen brach: »Wissen Sie, welches die erste Attraktion war, die ich aufbaute, als ich aus Schottland kam? Ein Flohzirkus. Das war wirklich eine wunderbare Sache! Dazu gehörte ein kleines Trapez, ein Karussell, eine Schaukel. Und alles bewegte sich, von kleinen Elektromotoren getrieben, natürlich. Aber die Leute schworen, daß sie die Flöhe sehen konnten. Ich höre noch die Kinder: ›Sieh doch, Mammy! Kannst du sie denn nicht sehen? Da sind Floh-Clowns, Floh-Akrobaten, Floh-Musikanten ...‹«

Ellie musterte ihn forschend. Sie war sich über seinen Geisteszustand nicht ganz im klaren.

»Mit diesem Ort ...«, er machte eine ausladende Handbewegung, »... wollte ich ihnen etwas Reales geben. Etwas, das keine Illusion ist. Etwas, das sie sehen und anfassen können. Eine Idee, die durchaus verdienstvoll ist!«

»Sie können sich nicht aus dieser Sache herausdenken, John«, sagte Ellie unverblümt. »Sie müssen die Konsequenzen zu spüren bekommen.«

»Oh, Sie haben absolut recht! Es war ein Fehler, Nedry einzustellen, völlig klar. Wir waren zu sehr von der Automation abhängig. Das ist mir inzwischen klar. Aber das läßt sich schon beim nächstenmal alles korrigieren.«

»John ...«

»Etwas zu schaffen, ist eine reine Frage der Willenskraft. Beim nächstenmal wird es makellos sein.«

Ellie tippte sich an den Kopf. »Sie versuchen ja noch immer, auf Ihrem Flohzirkus aufzubauen! Das ist Illusion! Und Sie machen alles nur noch schlimmer, indem

Sie es hier auf die gleiche Weise versuchen. *Das* ist die Illusion!«

Er hörte sie nicht. »Wenn wir hier erst mal wieder alles unter Kontrolle haben . . .«

»Sie hatten niemals alles unter Kontrolle!» rief Ellie zornig. »Sehen Sie, ich war überwältigt von allem, was Sie hier geschaffen hatten. Insofern habe ich auch einen Fehler gemacht. Aber meine Begeisterung ist vorbei. Sie reden davon, die Trümmer wieder aufzubauen. Aber es lohnt sich nicht, auch nur irgend etwas wieder aufzubauen. Alles, was zählt, sind die Menschen, die wir lieben. Sie sind da draußen. Alan, Tim und Lex. Und vielleicht müssen sie sterben.«

Eine lange Pause entstand. Hammond mied Ellies Blick.

Sie tauchte ihren Löffel tief in den Eiseimer.

Hammond aß von seinem Teller.

»Schmeckt gut«, sagte Ellie.

Er blickte auf, und er sah aus, als ob er die Ironie seiner Worte durchaus begriff: »Ich habe ja auch keine Kosten gescheut.«

Über Jurassic Park ging die Sonne auf. Die Erinnerung an die Gefahren der Nacht wurde von der Schönheit der Landschaft verdrängt. Der hohe Baum, in dem Alan und die Kinder die Nacht verbracht hatten, stand nahe am Rand der Dschungelzone, wo sie in die Ebene überging.

Noch schliefen sie.

Beide Kinder waren jetzt an Alan gekuschelt.

Plötzlich fiel ein großer Schatten über sie. Das Sonnenlicht, an das sie sich unterbewußt im Schlaf gewöhnt hatten, war schlagartig ausgesperrt.

Alan, der ohnehin nur eingedöst war, erwachte als erster.

Der Kopf eines Brachiosauriers hatte sich zwischen die Zweige geschoben – zum Greifen nahe neben ihnen. Das riesige Tier zögerte, hatte die Menschen augenscheinlich bemerkt.

Dann aber öffnete es sein Maul sehr weit, biß einen kompletten Ast über ihren Köpfen ab und schlang ihn hinunter.

Die Kinder schraken hoch. Tim kriegte kein Wort hervor, konnte nur entsetzt auf das riesenhafte Wesen zeigen, das ihnen so bedrohlich nahe war. Lex riß den Mund weit auf, um zu schreien. Doch die Angst lähmte ihre Stimmbänder; auch sie brachte keinen Ton heraus.

»Kein Grund zur Aufregung«, sagte Alan beruhigend. »Es ist alles in Ordnung. Das ist nur ein Brachiosaurier.«

»Geh weg!« schrie Lex das Tier an. »Hau ab!«

Der Brachiosaurier schien mit seinem dümmlich-freundlichen Gesicht zu grinsen, während er die Reste seiner Blatt-und-Zweige-Mahlzeit hinunterwürgte.

»Ein Pflanzenfresser, Lex!« rief Tim, der sich von seinem Schreck zu erholen begann. »Mein Gott, das ist doch nur ein harmloser Pflanzenfresser!«

Aber Lex dachte nicht daran, sich auf irgendwelche Beschwichtigungen zu verlassen. Sie zog es vor, nicht das geringste Risiko einzugehen. Deshalb wich sie zurück, weg von dem schmatzenden und mahlenden Maul des einfältig aussehenden Sauriers. Wer konnte das schließlich wissen – vielleicht war dieses Äußere nur die Tarnung des Ungeheuers.

Während Lex sich so weit wie möglich auf einem großen Ast entfernte, schoben Alan und Tim sich in die entgegengesetzte Richtung und bestaunten das Tier beim Frühstück.

Es war so harmlos und liebenswert, wie es aussah.

Aus einem rasch gefaßten Entschluß heraus kletterte Tim auf einen höheren Ast und tätschelte den Kopf des Sauriers, der unentwegt weiterkaute. Alan näherte sich dem Maul des Sauriers, und ohne die geringste Gefahr konnte er mit beiden Händen die dicke Unterlippe erfassen und herunterziehen. So konnte er den Unterkiefer bei der Arbeit betrachten. Er imitierte die Geräusche des Tiers, solange er in seiner Nähe war, und offensichtlich hatte das einen beruhigenden Effekt.

Der Dinosaurier kaute ungerührt weiter. Die Untersuchung schien ihm nicht das geringste auszumachen.

»Komm her, Lex!« rief Alan. »Komm schon. Stell ihn dir einfach als eine große Kuh vor!«

»Ich mag Kühe . . .«, erwiderte Lex zögernd. Vorsichtig, zögernd kroch sie zu Alan hinüber, bis sie unmittelbar vor dem Kopf des Brachiosauriers war. Sie streckte die Hand aus, aber nur mit größtem Widerwillen brachte sie es fertig, die Nase des kauenden Monsters zu berühren.

Es nieste.

Das Niesen klang wie eine Explosion, und Lex wurde zurückgeworfen – triefend naß von Kopf bis Fuß. Zum Glück war der Baumstamm hinter ihr. So fand sie Halt.

Alan und Tim lachten.

Lex blickte an sich hinab. Und kreischte vor Ekel.

Aus der Ferne war der merkwürdige Schrei eines Tiers zu hören. Der Brachiosaurier schien es vernommen zu haben. Er zog sich von dem Baum zurück, drehte sich um und lief rasch davon.

Alan und die Kinder kletterten hinunter. Lex schüttelte sich noch immer vor Ekel. Sie hielt verschämt Abstand von ihren beiden männlichen Begleitern.

»Na, großartig!« sagte Tim altklug. »Jetzt wird sie nie wieder was ausprobieren! Jetzt wird sie nur noch in ihrem Zimmer hocken und es nicht mehr verlassen. Sie spielt dann nur noch mit ihrem Computer.«

»Ich bin ein Hacker!« entgegnete Lex empört.

»Sag ich doch!« feixte Tim.

»Das glaube ich nicht!« ließ sich Alan vernehmen.

Die Geschwister drehten sich überrascht um.

Alan hockte auf dem Boden neben dem Baum und betrachtete etwas, das er in seiner Handfläche hielt. Die Kinder liefen hinüber und blickten ihm interessiert über die Schultern.

Alan hielt etwas Weißes in der Hand. Und dachte laut nach.

»Es ist zweifelsfrei einzustufen durch die Muster der inneren Oberfläche, durch den Verlauf der inneren Rundung.«

»Wie bitte?« fragte Lex verdutzt.

»Seht ihr die erhabenen Linien, die dreieckigen Formen? Und die Größe! Es ist beinahe flach. Also muß es in komplettem Zustand enorm groß sein.«

»Was ist groß?« drängte Tim. »Was ist das?« Er zeigte das Weiße in Alans Hand.

»Ein Stück von einem Dinosaurier-Ei.« Alan hob den Kopf. »Sie brüten, und sie vermehren sich.«

Er bemerkte ein paar kleine weiße Bruchstücke im Gras. Er richtete sich auf. Gemeinsam mit Tim und Lex folgte er der Spur zerbrochener Eierschale.

Die Spur führte hinter den Baumstamm.

Ungläubig blickten sie auf den Haufen riesiger Eier – alle ausgebrütet, alle aufgebrochen und leer.

Alan berührte die Überreste der Eier mit der Hand.

Er konnte es kaum fassen. Aber nach und nach setzte sich die Erkenntnis in seinem Kopf durch.

»Aber – Grandpa hat gesagt, die Dinosaurier wären alle Mädchen!« Tim sah den Wissenschaftler fragend an.«

»Amphibisches DNA«, entgegnete Alan. »Das ist die Erklärung!«

»Was?« entfuhr es Lex.

»Bei der Besichtigung hieß es in dem Film, daß die Gentechniker von Jurassic Park Frosch-DNA benutzen, um die Lücken in den Gen-Sequenzen zu schließen. Sie mutierten den genetischen Code der Dinosaurier, vermischten ihn mit dem von Fröschen. Und es gibt ein paar westafrikanische Frösche, von denen man weiß, daß sie spontan ihr Geschlecht ändern können, wenn sie in einem Gebiet leben, in dem nur ein einziges Geschlecht vertreten ist. Malcolm hatte absolut recht!«

Er nahm eines der zerbrochenen Eier. Fast zur Hälfte war es unversehrt. Dann sah er eine Fährte aus lauter kleinen Fußspuren, die ins nahegelegene hohe Gras führten.

»Das Leben hat einen Weg gefunden!« wiederholte Alan die Worte des Mathematikers.

Im Kontrollraum saß Ray Arnold noch immer an dem Terminal. Er blickte zu John Hammond auf, der neben ihm stand. In Arnolds Gesicht lag ein Ausdruck grenzenloser Ungläubigkeit.

»Nein, nein, nein!« sagte der Cheftechniker mit Entschiedenheit. »Das ist Wahnsinn. Das ist absolut verrückt. Sie haben ja den Verstand verloren! He, hört euch das an! Er hat den Verstand verloren!«

Ellie und Muldoon eilten an den Ort der Debatte.

Malcolm, der dick verbunden war, richtete sich auf, indem er den Ellenbogen aufstützte.

»Wovon reden Sie?« fragte Ellie die beiden Männer beim Computer.

Hammond drehte sich zu ihr um. In seinen Augen lag wieder das vertraute Funkeln. »Ein kalkulierbares Risiko«, erklärte er. »Es ist so ziemlich die einzige Möglichkeit, die uns noch bleibt. Das Kommando, das Nedry benutzt hat, werden wir nie finden. Er hat seine Spuren zu gut verwischt. Und ich glaube, es ist jetzt klar, daß er nicht zurückkommt. Wenn wir also das gesamte System abschalten ...«

»Ich werde es nicht tun!« fiel Arnold ihm ins Wort. »Sie können sich jemand anderen besorgen, denn *ich* werde es *nicht* tun!«

»Das System abzuschalten ...«, fuhr Hammond unbeirrt fort, »... ist der einzige Weg, um garantiert alles zu löschen, was er getan hat. Wenn ich richtig verstanden habe, sollten alle Systeme in ihrem ursprünglichen Anfangs-Modus starten, wenn wir dann wieder einschalten..«

»Theoretisch ja«, antwortete Arnold. »Aber wir haben noch nie das *gesamte* System abgeschaltet. Vielleicht kommt es überhaupt nicht wieder in Gang.«

»Würden denn die Telefone wieder funktionieren?« fragte Ellie.

»Ja – theoretisch, muß ich wieder sagen!« Arnold warf verzweifelt die Hände hoch. »Da wäre aber noch eine andere Möglichkeit. Wir könnten es mit dem Lysin versuchen.«

»Was ist das?« hakte Ellie nach.

»Dadurch sollte verhindert werden, daß die Tiere sich ausbreiten, falls sie jemals die Insel verlassen würden. Das war die ursprüngliche Absicht. Dr. Wu setzte ein Gen ein, das ein fehlerhaftes Enzym* im Protein-Metabolismus** hervorruft. Die Saurier können die Aminosäure Lysin nicht selbst produzieren. Wenn wir sie nicht regelmäßig mit Lysin versorgen, fallen sie ins Koma und sterben.«

»Und wie stoppen wir die Lysin-Zufuhr?« fragte Ellie.

»Da ist überhaupt nichts verkehrt zu machen«, erwiderte Arnold. »Wir beenden einfach das entsprechende Programm. Damit überlassen wir die Saurier sich selbst.«

Malcolm hatte sich mühsam aus dem Stuhl erhoben. Er schleppte sich herüber. »Wie lange dauert es, bis sie ins Koma fallen?«

»Es wäre absolut schmerzlos«, entgegnete Arnold. »Sie werden einfach bewußtlos und sterben dann praktisch im Schlaf.«

»Wie lange?« wiederholte Malcolm. »Wie lange dauert es, bis sie bewußtlos werden?«

»Äh – sieben Tage. Vielleicht etwas mehr, vielleicht etwas weniger.«

»Sieben Tage?« stieß Ellie hervor. Sie war fassungslos. »Sieben *Tage?* Sieben *Stunden* wären schon zuviel!«

Malcolm sah Arnold kopfschüttelnd an. »Wirklich phantastisch, Ihr Lysin-Plan«, knurrte er in bitterem Spott.

Hammond verlor die Beherrschung. »Menschen sterben!« brüllte er mit Donnerstimme. Und ungewollt zuckten alle Anwesenden zusammen. Augenblicklich

* Verbindung, die den Stoffwechsel beeinflußt
** Eiweiß-Stoffwechsel

spürten sie die Autorität, die der weißhaarige Mann letzten Endes immer noch verkörperte.

Niemand wagte zu sprechen.

Hammond gewann seine Fassung wieder. »Jetzt schalten Sie endlich das gottverdammte System ab!« grollte er.

Arnold schluckte trocken hinunter. Er stand auf. Langsam, wie in Trance, ging er quer durch den Raum, auf einen roten Stahlblechkasten zu, der an der Wand hing. Arnold löste einen Schlüssel von seinem Gürtel, schloß die Tür auf und öffnete sie.

In dem Kasten war eine Reihe von vier Kippschaltern.

Arnold schnippte einen nach dem anderen herunter.

Seine Hand verweilte einen Moment über dem vierten und letzten Schalter.

»Sie haben es so gewollt«, sagte er.

Und legte den Schalter herum.

»Und nun kriegen Sie es«, fügte er hinzu.

Alle Monitore erloschen, alle Terminals verstummten. Alle Lichter gingen aus, bis hin zu den kleinsten Kontrollampen. Der Raum wurde in fast völlige Dunkelheit getaucht.

Unheimliche Stille breitete sich aus.

»Wie lange müssen wir warten?« hauchte Ellie.

»Ungefähr eine Minute«, antwortete Arnold.

Hammond begab sich zu einem großen Fenster an der Vorderseite des Kontrollraums. Er zog die Jalousien hoch. Mondlicht flutete herein. Hammond nahm einen Stuhl, wischte die Sitzfläche ab und setzte sich.

Alle warteten. Die Anspannung war in der Stille überdeutlich zu spüren.

Hammond zupfte das Seidentuch zurecht, das in der Brusttasche seines Jacketts erschlafft war. Er bemerkte, daß Malcolm ihn mißbilligend anstarrte.

»Sie halten jetzt nicht mehr sehr viel von mir«, sagte Hammond, »nicht wahr?«

»Da haben Sie recht, John«, erwiderte der Mathematiker. »Sie besitzen keine Intelligenz. Sie denken in eingegrenzten Kategorien und nennen das ›sich auf ein Ziel konzentrieren‹. Sie sehen nicht das Drumherum. Sie erfassen die Konsequenzen nicht. Sie sind sehr gut darin, Probleme zu lösen und Antworten zu bekommen. Aber Sie kennen ganz einfach die richtigen Fragen nicht.«

»Ian!« sagte Ellie, und, als er sie ansah: »Halten Sie den Mund!«

Ray Arnold wandte sich schließlich wieder dem roten Kasten an der Wand zu. Er legte die ersten drei Schalter herum und zögerte erneut bei dem vierten.

Dann betätigte er auch ihn.

Und nichts geschah.

Minutenlang herrschte Schweigen.

»Hm ...«, machte Arnold.

»Wer von Ihnen kann mit einer Waffe umgehen?« fragte Muldoon.

»O mein Gott!« hauchte Ellie.

Arnold wollte es nicht begreifen. Er eilte hinüber zum Haupt-Monitor. Und starrte auf den Bildschirm. »Ha!« rief er freudig triumphierend. »Es ist in Ordnung! Alles in Ordnung! Seht doch! Seht ihr das?«

Sie liefen zu ihm und starrten auf den Monitor, der in einem schwachen Bernstein-Farbton glomm. Der Monitor war jetzt das einzige Gerät im gesamten Raum, das lief. In der oberen linken Ecke des Schirms leuchteten zwei Wörter:

/systems ready.

Arnold sah die anderen an, den Triumph noch immer im Gesicht. »Es läuft! Es hat funktioniert!«

»Wie genau definieren Sie ›funktioniert‹?« fragte Malcolm bissig. »Es ist immer noch alles aus!«

»Das Abschalten muß die Stromkreis-Unterbrecher ausgelöst haben«, erwiderte Arnold. »Wir brauchen sie nur wieder einzuschalten. Und dann starten wir hier drinnen ein paar Programme neu – Telefone, Sicherheitstüren und so weiter. Aber es hat funktioniert! Das System ist bereit!«

»Wo sind die Unterbrecher?« fragte Muldoon.

»Drüben im Instandsetzungsschuppen. Das ist am anderen Ende vom Hauptareal. Ich brauche drei Minuten, dann habe ich die Stromversorgung auf der gesamten Insel wieder in Gang.« Er eilte los.

Muldoon besorgte unterdessen eine Trage. Ian Malcolm wurde trotz seines Protests darauf gebettet, und dann trugen Hammond und Muldoon ihn hinaus. Ellie folgte den Männern. Sie benutzten einen schmalen Weg, der über das Hauptareal führte.

»Muldoon«, sagte Hammond, »trommeln Sie sämtliche Mitarbeiter zusammen, die sich noch auf der Insel befinden! Ich will, daß sich alle im Notbunker versammeln, gegenüber dem Besuchercenter.«

Ellie übernahm die Griffe der Trage von Muldoon. Der Jagdaufseher rannte los.

9

Alan, Tim und Lex waren auf einer weitgehend offenen Ebene unterwegs. Im Schutz einer Buschgruppe blieben sie stehen. Alan blickte erneut auf den Lageplan.

»Das Besuchercenter müßte ungefähr eine Meile hinter der Anhöhe da drüben sein.« Er deutete auf den Hügel, der schon zum Greifen nahe schien. »Wenn wir unser Marschtempo halten . . .«

Der Schrei jener Tiere, die sie schon vorher gehört hatten, ließ ihn verstummen. Mehrere Tiere fielen jetzt in den Schrei ein. Und sie waren wesentlich deutlicher zu hören. Alan blickte von dem Lageplan auf. »Was ist das?« wunderte er sich.

Er drehte sich um, in die Richtung, aus der die Schreie kamen. Die Schreie wurden immer lauter, begleitet von einem tiefen Dröhnen.

Alan trat ein paar Schritte vor, so daß ihn die Büsche gerade noch deckten. Er konnte Umrisse erkennen, weit entfernt noch. Aber sie näherten sich rasch.

Dinosaurier!

Eine ganze Herde!

»Eine Stampede!« rief Alan verblüfft.

Und genau das war es. Eine Stampede von mindestens vierzig Dinosauriern der Gattung Gallimimus. Diese Saurier waren nicht größer als Antilopen. Und sie waren schnelle Läufer – wie Antilopen.

Lex wollte die Flucht ergreifen. Aber Alan und Tim zögerten. Sie spähten auf die Ebene hinaus. Der Anblick war einfach zu faszinierend, um sich sofort von ihm zu lösen.

Die Saurier scheuchten ein paar Vögel auf, wodurch sie selbst überrascht wurden. Und die Gallimimus-

Herde änderte die Richtung; alle Tiere taten es auf einen Schlag.

»Seht euch das an!« rief Alan. »Dieser gleichzeitige Richtungswechsel! Wie ein Vogelschwarm, der einem Raubvogel zu entkommen sucht!«

Auf einmal war ein Brüllen zu hören.

Ein Brüllen, das sie nur zu gut kannten.

Es war der Tyrannosaurus rex.

Alan und die Kinder kreiselten herum, als sie es hörten. Aber sie konnten das heisere Brüllen nicht orten. Es schien von allen Seiten zu kommen. Sie konzentrierten sich wieder auf die Stampede. Die Gallimimus-Herde wechselte erneut die Richtung – und hielt jetzt genau auf die Beobachter zu.

Sie rannten los, über das Grasland, auf den Dschungel zu, wo sie Schutz finden würden. Doch schon nach den ersten Schritten spürten sie, daß sie es nicht schaffen konnten. Die Herde war viel schneller.

Als sie über ein Gewirr weitverzweigter Baumwurzeln zu springen versuchten, ergriff Alan die Gelegenheit beim Schopf. Unter den dicken Wurzeln war Platz zum Verkriechen. Grant hielt die Kinder zurück, und sie brauchten zwei Sekunden, um sich zu verstecken. Alan folgte den Kindern erst, als sie unter den Wurzeln in Sicherheit waren. *Einigermaßen* in Sicherheit.

Sie bargen die Köpfe unter den Armen, als die Herde über sie hinwegdonnerte. Herausgerissene Holzstücke sausten durch die Luft, und mehr als einmal schrammten die Klauen der Tiere bedrohlich nahe über das Wurzelholz.

Endlich war die Herde vorüber.

Alan richtete sich ein Stück auf und spähte vorsichtig aus dem Wurzelwerk hervor.

Die Herde lief jetzt parallel zu den Bäumen des Dschungels.

Von irgendwo dort kam das Brüllen des T-Rex.

Und im nächsten Moment brach er aus dem Dickicht hervor, schnitt der Herde den Weg ab. Die schreienden Tiere stoben in alle Richtungen auseinander.

Auch die Kinder spähten jetzt über die Wurzeln hinweg.

Der T-Rex stürmte los, rammte einen der Gallimimus mit seiner Riesenklaue zu Boden und grub ihm die Zähne in den Nacken. Der T-Rex tötete in einer Wolke aus Staub und Dreck.

Alan und Tim hatten sich halb aufgerichtet. Der Anblick war auf schaurige Weise faszinierend.

»Kommt schon!« rief Lex. »Laßt uns endlich von hier verschwinden!«

Doch Alan und Tim konnten sich nicht losreißen.

»Sieh mal, wie er frißt!« sagte Alan.

»Nun kommt doch!« drängte Lex.

Alan hörte sie nicht. »Ich wette, du wirst Vögel von heute an mit völlig anderen Augen sehen«, erklärte er überzeugt.

Tim nickte atemlos.

Der T-Rex hielt mitten in seiner Mahlzeit inne und brüllte.

»Also, ich gehe jetzt!« entschied Lex energisch. Und sie drehte sich um und rannte, so schnell sie konnte. Alan und Tim rissen sich nun doch endlich los und folgten dem Mädchen über die Ebene.

Fünfzehn Mitarbeiter waren es, die dichtgedrängt in dem Bunker hockten. Auch Hammond, Muldoon,

Ellie und Malcolm hatten sich in den Schutzraum zurückgezogen.

Wie so vieles im Park, war auch der Bunker noch nicht fertig. Der Anstrich fehlte, und mehrere nicht ausgepackte Kisten und Verschläge standen herum.

Hammond brach schließlich das Schweigen. Als Gastgeber schien er sich verpflichtet zu fühlen, eine Erklärung abzugeben. »Dies ist eine Verzögerung, mehr nicht. Alle großen Themen-Parks hatten Verzögerungen. Als Disneyland 1956 eröffnet wurde, funktionierte *nichts*!«

»Stimmt, John«, sagte Malcolm. »Aber wenn das Programm der Karibik-Piraten in Disneyland mal ausfällt, dann schlachten die Piraten nicht die Touristen ab!«

Wieder entstand Schweigen.

Hammond, Muldoon und Ellie gingen unruhig auf und ab.

»Ich kann nicht länger warten«, sagte Ellie. »Irgend etwas ist schiefgegangen. Ich werde jetzt losgehen und die Stromversorgung wieder einschalten.«

»Ich bin Ihr Beifahrer«, entschied Muldoon.

»Nein, Ellie!« sagte Hammond. »*Ich* sollte derjenige sein, der geht. Ich bin ein Mann!«

Ellie lächelte. »Wenn ich zurück bin, werden wir über Sexismus in Überlebens-Situationen diskutieren. Sie finden jetzt heraus, wie ich zu dem verdammten Instandhaltungsschuppen komme!«

Sie gerieten in Bewegung. Muldoon öffnete die Tür eines Stahlschranks, in dem sich ein beeindruckendes Waffenarsenal befand. Er wählte eine große Schrotflinte aus. Und etwas, das wie ein kleiner Raketenwerfer aussah.

Malcolm arbeitete mit Hammond zusammen. Die

Verbände des Mathematikers waren blutdurchtränkt. Sie fanden einen Stapel Blaupausen in einer Ecke. Sie breiteten die Pläne auf einer Kiste aus und suchten die Zeichnung heraus, mit deren Hilfe die Orientierung im Hauptareal möglich sein würde.

In einer bereits geöffneten Kiste fand Ellie eine Taschenlampe, einen Gürtel mit Batterien und ein Walkie-talkie. Sie legte den Gürtel um, nachdem sie sich überzeugt hatte, daß die in den Schlaufen steckenden Batterien zu der Taschenlampe paßten. Das Walkie-talkie klemmte sie sich an den Gürtel. Sie fand ein zweites Funkgerät und warf es Hammond zu. Er fing es geschickt auf.

»Können Sie damit umgehen?« erkundigte sich Ellie. »Können Sie uns über Funk den Weg durchsagen?«

»Aber natürlich«, antwortete Hammond. »Seien Sie nur vorsichtig!«

Muldoon nahm eine Granate, die wie eine kleine Rakete geformt war, und schob sie in den Werfer. Die Waffe akzeptierte das Geschoß mit einem elektronisch ausgelösten Schnarren.

»Dann mal los«, knurrte der Jagdaufseher.

Alan und die beiden Kinder kämpften sich durch das Dickicht. Tim und Lex waren erschöpft, völlig außer Atem. Alan schleppte die beiden Kleinen den letzten Hügel hinauf, den sie noch überwinden mußten. Sie schafften es. Doch am Fuß des großen Elektro-Zauns, der das Hauptareal umschloß, sackten Tim und Lex entkräftet zu Boden und rührten sich nicht mehr.

Alan blickte prüfend am Zaun empor. Die Höhe betrug etwa sieben Meter. Die Warnlampen, ganz oben, waren erloschen. Alan nahm einen Stock und berührte damit einen der Drähte. Es flogen keine Funken.

Alan traute dem Frieden trotzdem noch nicht. Er berührte den Draht mit dem Finger. Nichts passierte. Dann schloß er beide Hände um den Draht.

Okay.

»Der Strom ist immer noch abgeschaltet«, erklärte er den Kindern. »Es ist eine ziemliche Ecke zu klettern. Denkt ihr, ihr könnt es schaffen?«

»Nein«, antwortete Tim keuchend.

»Das ist viel zu hoch«, sagte Lex, ebenfalls nach Atem ringend.

In der Ferne brüllte der T-Rex.

Schlagartig waren beide Kinder auf den Beinen.

Ellie und Muldoon erreichten den Pfad, der durch den Dschungel zum Instandhaltungs-Schuppen führte. Hinter ihnen fiel das Tor zu. Das klackende Geräusch, das dabei entstand, ließ sie beide zusammenzucken.

Das Hauptareal kam Ellie völlig verändert vor. Es war vor allem ein Teil des Dschungels, weniger ein hochtechnisierter Vorposten der Zivilisation. Muldoon hielt den Granatwerfer in den Händen. Die Schrotflinte hatte er sich über die Schulter gehängt.

Sie beschleunigten ihre Schritte.

Wenig später ließen sie den Pfad hinter sich und erreichten eine offene Fläche. Vor ihnen erhob sich das mächtige Raptor-Gehege. In völliger Stille stand es da, umgeben und durchdrungen vom Dschungel. Der verlassene Wachturm überragte das Gehege wie ein verwunschenes Haus.

Ellie verlangsamte ihre Schritte, als sie näher kamen. Sie hatte Angst.

»Weitergehen!« sagte Muldoon.

Ellie ging wieder schneller.

Doch Sekunden später prallten sie beide zurück. Entgeistert starrten sie auf den Zaun, der das Raptor-Gehege umgab.

In dem Zaun war ein Loch.

Der Draht war herumgedreht; die Enden sahen aus wie durchbissen. Und das Loch war groß genug, um ein Tier von der Größe des Raptors hindurchschlüpfen zu lassen.

»O Gott!« flüsterte Ellie. »O mein Gott!«

»Das Abschalten hat *alle* Zäune ausgeschaltet«, sagte Muldoon zähneknirschend. »Verdammt! Sogar Nedry hat den Teufel getan, sich an dem Raptor-Zaun zu vergreifen.« Er ging vor dem Loch in die Hocke und betrachtete den Boden. Er fand die Fußabdrücke von drei Tieren. Die Spuren führten in unterschiedliche Richtungen auf das Dickicht zu beiden Seiten zu.

»Ich kann den Schuppen von hier sehen«, sagte Ellie. »Wir können es schaffen, wenn wir laufen!«

Muldoon wandte ruckartig den Kopf. Er hatte etwas gehört. Sehr langsam stand er auf. »Nein«, sagte er rauh. »Wir schaffen es nicht.«

»Warum nicht?«

»Weil wir gejagt werden. Aus dem Gebüsch links von Ihnen.«

Ellie drehte sich sehr langsam um. Sie mußte sich anstrengen, um ihr aufkommendes Zittern zu unterdrücken. Im ersten Moment konnte sie an der angegebenen Stelle im Dickicht nichts erkennen. Dann aber bemerkte sie, wie sich das Licht dort im Zweigwerk veränderte. Ein Schatten bewegte sich. Die Zweige raschelten.

»Es ist schon in Ordnung«, sagte Muldoon leise.

»Nichts ist in Ordnung!« flüsterte Ellie entsetzt.

Muldoon hob die Waffe an die Schulter. »Laufen Sie zum Schuppen«, sagte er. »Ich hab das Vieh im Visier.«

Ellie setzte sich in Bewegung, den Pfad hinunter, langsam noch. Muldoon folgte ihr, seitwärtsgehend. Unablässig hielt er die Waffe auf die Büsche gerichtet.

Der Schatten in den Büschen bewegte sich ebenfalls, hielt mit den beiden Menschen exakt Schritt.

»Gehen Sie weiter!« zischte Muldoon.

Ellie gehorchte, hielt auf den Schuppen zu.

Muldoon blieb, wo er war. Auch der Schatten im Gebüsch verharrte. Muldoon hob den Werfer und zielte. Aber er hatte kein klares Schußfeld, konnte das Ziel nicht eindeutig genug erkennen.

»Ein Schuß!« flüsterte er. »Nur ein Schuß!«

Eine jähe Bewegung entstand im Gebüsch. Der Raptor war herumgewirbelt. Schnell wie der Teufel rannte er los – tiefer ins Dickicht hinein, als wollte er den Jagdaufseher hinter sich her locken.

Und Muldoon zögerte nicht.

Er ging auf das Dickicht zu.

Ellie rannte so schnell sie konnte. Sie mußte über Baumwurzeln springen und hatte nur selten wirklich freies Gelände, auf dem sie Tempo vorlegen konnte. Als sie sich schon dem Instandhaltungs-Schuppen näherte, stolperte sie. Ihr Blick fiel auf den Boden.

Sie stolperte in ein Gewirr von Saurierspuren.

Alle führten direkt auf den Schuppen zu und schwenkten kurz davor nach rechts – in den Dschungel. Das Dickicht schien zu leben. Die Pflanzen rauschten und schwankten im leichten Wind. Ellie erschauerte. Sie zwang sich, nicht hinzusehen.

Die Tür des Schuppens stand offen. Mit einem Riesensatz stürmte Ellie hinein. Sie knallte die Tür hinter sich zu.

Alan und die Kinder kletterten zügig. Ihre Hände schlossen sich fest um den starken Draht des Elektro-Zauns. Die Drähte waren straff gespannt, hingen unter dem Gewicht der drei Menschen kaum durch.

Das Brüllen des Tryannosaurus rex hatte Tims und Lex' Kraftreserven wachgerüttelt.

Immer höher stiegen sie auf die Drähte.

Sie passierten eines der Schilder mit der Aufschrift *Danger* – Gefahr.

Das Schild war eine deutliche Erinnerung daran, daß dieser Zaun eigentlich unter Hochspannung hätte stehen müssen.

Im Bunker herrschte Stille. Die Mitarbeiter von Jurassic Park, die sich in dem Schutzraum versammelt hatten, beobachteten gespannt, wie John Hammond und Dr. Ian Malcolm den Verdrahtungsplan des Instandhaltungs-Schuppens studierten.

Hammond und Malcolm standen über die Zeichnung gebeugt. Das Gewirr der Linien war für einen Laien unüberschaubar.

Hammond umklammerte das Walkie-talkie, starrte es beschwörend an.

Schließlich erbarmte sich das Gerät, ein Rauschen von sich zu geben.

»Ich bin drin!« meldete sich Ellie mit krächzend verzerrter Stimme.

Sie war noch im Eingangsbereich des Gebäude. Die Angst beschleunigte ihren Atem. Und sie horchte auf die Stimme Hammonds aus dem Funkgerät.

»Okay...«, sagte er gedehnt. Die atmosphärischen Störungen hielten sich in Grenzen. »Geradeaus, vor Ihnen, ist eine Stahltreppe. Gehen Sie die runter.«

Ellie gehorchte. Sie schaltete die Taschenlampe ein, während sie in den tieferliegenden Raum hinabstieg. Ein Gewirr von Rohren und Kabeln empfing sie.

Alan und die Kinder hatten die Oberkante des Zauns mittlerweile fast erreicht. Doch sie gönnten sich keine Verschnaufpause. Allein der Gedanke an das Brüllen des T-Rex bewirkte, daß sie eine regelrechte Faust im Nacken spürten.

Alan näherte sich einer der Warnlampen.

Es war beruhigend, zu sehen, daß das Warnlicht immer noch ausgeschaltet war.

Vom Fuß der Stahltreppe ging Ellie geradeaus weiter.

»Nach ungefähr sieben Metern...«, sagte Hammond, »... zweigt der Gang nach beiden Seiten ab. Gehen Sie nach links.«

»Lassen Sie sie doch einfach dem Hauptkabel folgen, John«, sagte Malcolm.

»Ich weiß, wie ich einen Plan zu lesen haben!« fauchte Hammond. »Halten Sie sich da raus!«

Ellie ging weiter. Ihre Nerven vibrierten. Sie sah sich um.

Es war stockfinster hier unten, die Taschenlampe ein schwaches Hilfsmittel. »Ich habe die Abzweigung immer noch nicht...« Sie unterbrach sich, als der

Lichtkegel auf eine weiße Wand fiel. »Verdammt! Der Korridor ist hier zu Ende!«

»Warten Sie, warten Sie!« rief Hammond. »Da ging es irgendwo rechts ab, ein Stück zurück . . .«

»Ellie!« rief Malcolm. »Sehen Sie nach oben! Da müßte ein Bündel von Kabeln und weißen PVC-Schläuchen sein, die alle in dieselbe Richtung führen. Folgen Sie denen einfach!«

Ellie legte den Kopf in den Nacken, sah die Kabel und ging ihnen nach, bis sie einen Hauptkorridor erreichte. »Ich folge den Kabeln«, sagte sie ins Funkgerät. »Es geht jetzt immer geradeaus.«

»Gut!« rief Hammond. »Gehen Sie weiter! Das Kabel endet in einem großen Aluminiumkasten mit Belüftungen an den Seiten.«

Ellie ging schneller, folgte dem Kabelstrang bis zum Ende des Korridors. Dort sah sie den angegebenen Kasten. Dessen Tür stand offen, nach links. »Okay, ich bin da. Was jetzt?« Sie öffnete die Tür weiter, und eine verwirrende Vielfalt von Schaltern und Knöpfen offenbarte sich ihr.

»Sie können den Hauptschalter nicht von Hand betätigen«, sagte Hammonds Funkstimme blechern. »Sie müssen erst mit dem Ladehebel pumpen, damit Sie die Energie kriegen, die Sie brauchen. Es ist ein großer, flacher, grauer . . .«

»Ich sehe ihn!« rief Ellie.

Alan und die Kinder nahmen sich nicht die Zeit, aus sieben Meter Höhe über das Land zu blicken – obwohl es der Ausblick durchaus wert gewesen wäre, sich eine Verschnaufpause zu gönnen.

Doch Alan mahnte die Kinder zur Eile. Er fühlte sich

höllisch unwohl auf diesem verdammten Zaun, obwohl er sicher war, sich auf die Warnlampen verlassen zu können.

Sie schwangen sich über die Zaunoberkante.

Ellie bewegte den schwerfälligen Hebel pumpend auf und ab. Über dem Hebel sprang ein kleiner Hebel von der Position »Entladen« auf »Geladen«.

»Fertig!« rief Ellie.

»Gut!« antwortete Hammond. »Unter der Beschriftung ›Contact position‹ ist ein runder grüner Knopf, auf dem steht ›Push to close‹. Drücken Sie den Knopf ganz rein!«

Ellie befolgte die Anweisung. Lichter flammten auf der gesamten Schalttafel auf.

Eine Warnlampe über Alans Kopf flammte auf. Erlosch. Flammte von neuem auf.

Eisiger Schreck durchfuhr ihn. Seine Augen weiteten sich. Er starrte auf seine Hände. Würde ihn der mörderische Stromstoß treffen? In dieser Sekunde? In der nächsten?

Er ließ los, landete auf dem Boden, federte in den Knien nach.

Er blickte zu den Kindern hinauf. Sie waren noch knapp unter der Oberkante.

»Runter vom Zaun!« rief er. »Springt! Jetzt sofort!«

Ellie beobachtete, wie eine Gruppe von zwölf weißen Kontroll-Lämpchen auf der Schalttafel aufleuchtete.

Jedes Lämpchen stand für einen bestimmten Bereich im Park.

Hammond fuhr mit seinen Anweisungen fort: »Die weißen Knöpfe sind für die verschiedenen Systeme im Park. Drücken Sie sie alle!«

Ellie begann, den Befehl auszuführen. Jedesmal, wenn sie einen Knopf drückte, erlosch dessen weißes Licht. Der Knopf am Ende der Reihe trug die Beschriftung *Perimeter Fences**.

Noch sechs, sieben Knöpfe, dann würde Ellie den letzten erreichen.

Lex ließ sich fallen, und Alan fing sie auf. Er blickte nach oben. Tim war noch immer nicht weit von der Oberkante entfernt, und er war beträchtlich langsamer geworden.

»Komm schon, Tim!« rief Alan.

Das Warnlicht zuckte jetzt in schnellerem Rhythmus.

»Beweg dich, verdammt noch mal!« Alan spürte ein elendes Kribbeln unter den Haarwurzeln.

Tim blickte nach unten, und plötzlich war er gelähmt vor Angst.

Alan und Lex waren fassungslos, brauchten die Dauer eines Atemzugs, um ihren Schreck zu überwinden. Dann schrien sie Tim an.

»Ich fange dich auf!« brüllte Alan. »Laß dich einfach fallen!«

Tim kam wieder zu sich, kletterte weiter abwärts. »Alles in Ordnung!« rief er. »Ich bin schon wieder okay.«

* Äußere Umzäunung

»Nein, nein, nein!« schrien Alan und Lex. »Es ist zu spät! Laß los! Laß los!«

Im Instandhaltungsschuppen legte Ellie den Daumen auf den letzten Knopf in der Reihe. *Perimeter Fences.* Sie wußte nur, daß sie sich beeilen mußte. Und sie zögerte nicht.

Sie drückte den Knopf hinein.

Der Zaun begann leise zu summen, als er zu seinem gefährlichen Leben erwachte.

Alan und Lex schrien sich immer noch die Kehle aus dem Hals, aber Tim stieg noch immer die Drähte herunter.

»Ich schaffe es!« rief er. »Ich kann es . . .«

Mitten im Satz wurde Tim unterbrochen.

Mit einem lauten Brummton schoß der Strom durch die Drähte.

Eine ungeheure Kraft schleuderte den Jungen aus dem Zaun.

Neben einem Haufen von Zweigen und Ästen, die der Sturm gegen den Zaun geschleudert hatte, krachte Tim hart auf den Boden. Die Zweige und Äste zischten und gingen explosionsartig in Flammen auf.

»Tim!« riefen Alan und Lex entsetzt.

Sie hasteten zu ihm und drehten ihn auf den Rücken. Er war kalkweiß, seine Handflächen angesengt. Doch Alan bemerkte sofort, daß es ein viel größeres Problem gab:

Tim atmete nicht mehr.

Ellie atmete auf, als die Lichter in dem Gebäude angingen. Ketten von Leuchtstoffröhren flammten auf, pflanzten ihr Licht fort – auch in ihre Richtung. Sie kniff die Augen zu, blinzelte, um sich an die ungewohnte Helligkeit zu gewöhnen. Nach einem Moment konnte sie die Lider wieder öffnen.

Und das Entsetzen fuhr ihr bis ins Mark.

Das Wesen stand einfach da.

Still und bösartig.

Hinter dem Schaltkasten.

Ein Velociraptor!

Bevor Ellie auch nur Luft holen konnte, geriet die Bestie in blitzartige Bewegung, warf sich mit einem sausenden Hieb auf sie zu.

Ellie schrie, stürzte rückwärts. Das Gellen ihrer eigenen Stimme stach schmerzhaft in ihre Ohren. Sie prallte mit dem Rücken gegen die Rohre auf der anderen Seite des Korridors.

Sie glaubte, getroffen zu sein.

Bestimmt hatte die rasiermesserscharfe Klaue des Raptors sie erwischt. Sie spürte den Schmerz nur noch nicht. Sie spürte auch nicht, daß sie starb.

Erst im nächsten Atemzug begriff Ellie, daß sie *nicht* getroffen war. Und sie erkannte den Grund:

Der Raptor saß fest!

Er hatte sich im Gewirr der Rohre auf dem Fußboden verfangen. Und wütend versuchte er, sich zu befreien. Es war nur noch eine Frage von Sekunden, wann ihm das gelingen würde.

Ellie stieß sich ab.

Sie erstarrte erneut, als etwas auf sie herabfiel. Es klatschte auf ihre Schulter und fiel zu Boden. Ellie schrie sich das Entsetzen aus dem Leib.

Ein menschlicher Arm war heruntergefallen.

Aus einem grausamen Zwang heraus mußte sie nach oben blicken.

Und da sah sie ihn.

Ray Arnold.

Das, was von ihm übriggeblieben war.

Seine Leiche steckte in dem Labyrinth von Rohren da oben.

Ellie unterdrückte das Würgen in der Kehle. Sie warf sich herum, rannte los. Das Rumoren des Raptors verlieh ihr neue Kraft. Sie rannte in die Richtung, aus der sie gekommen war, schlug eine Maschendrahttür hinter sich zu. Die Todesangst schaltete ihr Empfinden aus. Sie funktionierte wie ein Computer, der nur noch von einem einzigen Programm angetrieben wurde: Überleben! Überleben! Überleben!

Der Raptor kämpfte sich frei und nahm die Verfolgung auf.

Ellie sah ihn zum ersten Mal in voller Größe, als sie den Kopf herumwarf.

Der Saurier war ungefähr zwei Meter groß. Seine Krallen bestanden aus je drei riesigen Zehen. Die mittleren Zehen waren rasiermesserscharf und gut fünfzehn Zentimeter lang.

Ein faszinierendes Tier.

Doch Ellie wußte genug über den Velociraptor, um ihn mehr als alles auf der Welt zu fürchten. Ein Raptor war extrem schnell, erreichte eine Geschwindigkeit von hundert Stundenkilometern. Und die Raptoren waren die schlauesten und zugleich gefährlichsten Dinosaurier im Jurassic Park überhaupt. Sie waren unglaublich bösartig und dabei intelligent wie Schimpansen. Es hieß, daß sie ihre Opfer zum Vergnügen töteten.

Ellie verspürte jedoch nicht das geringste Verlangen, angesichts der Bestie in Bewunderung auszubrechen.

Die Maschendrahttür zerfetzte der Raptor mit wenigen gezielten Hieben.

Es schien ihm geradezu Spaß zu bereiten.

Er sah aus, als ob er lachte.

Ellie rannte schneller und schneller. Sie erreichte die Treppe, drehte sich nicht mehr um. Aber sie konnte den harten Klang des Stahls unter sich hören, die Schritte des Raptors. Er mußte direkt hinter ihr sein. Sie rechnete damit, von einer seiner Klauen getroffen zu werden. Sie rechnete mit dem schlimmsten vorstellbaren Schmerz.

Plötzlich wurde sie festgehalten.

Sie schrie. Begriff nicht sofort.

Dann sah sie die Taschenlampe, die an der Kordel vom Gürtel hing. Die Lampe hatte sich unter einer Stufe verfangen.

Und der Raptor kam mit federnden, kraftvollen Schritten.

Ellie riß die Kordel ab.

Die Taschenlampe fiel zu Boden.

Ellie hastete weiter. Sie erreichte die Tür, stieß sie auf, warf sich ins Freie. Doch sofort wirbelte sie herum.

In der Hundertstelsekunde, in der sie die Tür zuknallte, sah sie den Echsenkopf des Raptors, seine scharfen Zähne im aufgerissenen Maul, wie er knurrend den oberen Absatz der Treppe erreichte.

Sie verschloß die Tür, und ihr Herz hämmerte dabei.

Tim bewegte sich noch immer nicht.

Alan hatte das Hemd des Jungen aufgerissen und begann mit den Wiederbelebungsversuchen. Fünfzehnmal schnell hintereinander preßte er Tims Brustkorb mit beiden Händen, danach zwei Atemzüge Mund-zu-Mund-Beatmung, und wieder mit den Händen auf den Brustkorb. Er wiederholte es in gleichbleibendem Rhythmus, ohne nachzulassen.

Lex verging vor Angst um ihren Bruder. »Mein Gott, er ist tot!« wimmert sie. »Er ist tot! O Gott . . .«

Alan setzte seine Bemühungen fort. »Nein, verdammt noch mal, nein!« keuchte er zwischen Bruststößen und Beatmung. Und er hörte nicht auf. »Komm schon, Tim! Komm schon!«

Und weiter ging es mit fünfzehn Stößen auf die Brust.

Der Junge schnappte nach Luft.

Und kam zu sich.

»Tim, o Timmy!« rief Lex voller Freude.

Ihr Bruder war benommen, konnte noch nicht sprechen.

Alan untersuchte ihn rasch, suchte ihn vor allem nach Knochenbrüchen ab. Doch er konnte nichts finden.

Er sah sich die Handflächen an. Die Verbrennungen mußten behandelt werden. Alan riß zwei Streifen Stoff aus seinem eigenen Hemd und verband damit vorsichtig die Hände des Jungen.

Robert Muldoon arbeitete sich langsam durch das Dickicht voran. Er hielt die Waffe schußbereit, und mit jeder Faser seiner Sinne war er darauf konzentriert, keinen Fehler zu begehen. *Mach keinen Fehler!* hämmerte seine innere Stimme. *Mach um Himmels willen keinen Fehler! Sie sind schlau, verteufelt schlau. Aber sie sind nicht schlauer als Menschen, verdammt noch mal!*

Er folgte dem Monster, das er jagte. Es war irgendwo da vorn, und er würde es erwischen.

Er duckte sich und kroch durch einen engen Hohlweg, der sich unter einem umgestürzten Baum gebildet hatte. Und das Rascheln da vorn, ein paar Meter vor ihm, war die denkbar beste Orientierungshilfe. Er würde nicht lockerlassen; er würde Bestie erwischen, verdammt noch mal.

Für kurze Momente konnte er die graue Haut des Raptors sehen.

Muldoon verharrte und hob die Waffe, als er glaubte, den Killersaurier im Visier zu haben. Aber der Raptor schien es zu ahnen. Er schnellte abermals los, tiefer ins Dickicht hinein. Muldoon folgte ihm erneut. Wieder blieb der Raptor stehen. Und wieder blieb Muldoon stehen. Er wußte, daß die Bestie irgendwo da vorn war, verborgen im Dickicht.

Eine Schlange glitt einen Zweig entlang, vorbei an etwas, das aussah wie ein Blüte.

Die Blüte blinzelte.

Es war das Auge des Raptors. Muldoon bemerkte es, begriff es in diesem Sekundenbruchteil. Er riß die Waffe hoch. Und der Raptor tat etwas, was Muldoon unter normalen Umständen als ungewöhnlich und höchst verdächtig betrachtet hätte. Aber die Erregung des Jagdfiebers hatte den Mann gepackt. Deshalb beobachtete er voller vibrierender Freude, was geschah.

Der Raptor trat aus dem Dickicht hervor.

Er zischte bösartig.

Muldoons Mundwinkel formten ein Lächeln. Er visierte an. »Jetzt hab ich dich!« flüsterte er, während sich sein Zeigefinger um den Abzug krümmte.

Doch aus einer jähen Ahnung heraus verflog sein Lächeln. Seine Augen weiteten sich, als ihn eine furchtbare Ahnung durchzuckte. Seine Augäpfel ruckten nach links.

Und von dort erfolgte der Angriff.

Mit einem Brüllen stürzte der zweite Raptor aus dem Dickicht hervor.

Die Waffe donnerte – ins Leere jedoch.

Schon der erste Klauenhieb des Raptors traf.

Muldoon stürzte schreiend auf den Rücken. Ein grauenhafter brennender Schmerz wütete von seiner Körpermitte aus. Im selben Moment war der Raptor schon über ihm.

Die Klauen und Reißzähne waren überall.

Dieses Blitzen und Schneiden war Muldoons letzte Wahrnehmung.

Während sein Artgenosse das Töten übernommen hatte, trat der andere Raptor näher und schaute wohlwollend zu. Er hob den Kopf und knurrte triumphierend.

Das Besucherzentrum war verlassen. Es sah aus, als ob der Dschungel sich bereits anschickte, diesen Ort zu übernehmen. Vom Sturm losgerissene Äste hatten sich in Fensterscheiben gebohrt. Ein großes Schild mit der Aufschrift *When Dinosaurs Ruled the Earth . . .** hing schief herunter.

Alan trug Tim auf den Armen.

Der Junge war bei Bewußtsein, aber zu schwach, um sich auf den Beinen halten zu können.

»Hallo?« rief Alan.

Niemand antwortete.

* Als Dinosaurier die Erde beherrschten . . .

Sie gingen hinein, betraten das Restaurant. Alan setzte Tim behutsam auf einen Stuhl an einem der Tische. Lex setzte sich sofort neben ihn.

»Ich muß die anderen finden und einen Arzt für dich auftreiben«, sagte Alan zu Tim. Dann sah er Lex an. »Wirst du solange auf deinen Bruder aufpassen?«

»Ja«, antwortete Lex, und ihre bebende Stimme verriet, wie groß ihre Angst war.

Alan nickte. Einen Moment lang sah er Tim an. Das Haar des Jungen war zerzaust und verwühlt.

»Dein Haar steht ja richtig hoch«, sagte Alan und ordnete es sanft mit den Fingern.

Tim hob ermattet den Kopf und brachte ein Lächeln zustande.

Alan lächelte zurück. »Großer Tim – für den T-Rex wärest du ein Stück menschlicher Toast gewesen.«

Tim lachte.

Alan verharrte einen Moment, als ob er angestrengt nachdachte. Dann beugte er sich rasch vor und küßte Tim auf die Stirn. Das gleiche tat er bei Lex. Er richtete sich auf und sagte heiser: »Ich bin gleich zurück. Das verspreche ich.«

Er ging. Als er die Eingangshalle des Besucherzentrums durchquerte und nach draußen trat, konnten sie seinen Schatten in einem durchsichtigen Wandgemälde sehen, das Dinosaurier in unterschiedlichen natürlichen Umgebungen zeigte. Es war still, als Lex und Tim sich ansahen.

»Hast du Hunger, Timmy?« fragte Lex.

Er zuckte mit den Schultern, immer noch schwach. Schlaff hing er auf dem Stuhl.

»Du bleibst hier«, sagte Lex. »Ich hole dir was zu essen.«

Sie ging zu einem Selbstbedienungstresen auf der

anderen Seite des Raums. Dort stellte sie rasch ein paar gefüllte Teller auf ein Tablett und trug es herüber. Sie schob das Tablett auf den Tisch, setzte sich wieder neben Timmy und sagte: »Hier, probier mal diese Götterspeise.« Sie zog eine Schale heran, die die Form eines halbierten Dinosaurier-Eies hatte. Sie tunkte den Löffel hinein, um Tim zu füttern.

Doch ihre Hand erstarrte auf halbem Weg vor seinem Mund. Verwundert sah Tim sie an, las das Entsetzen in ihrem Gesicht. Mit geweiteten Augen starrte sie über seine Schulter hinweg. Die Geleespeise auf dem Löffel in ihrer Hand wackelte.

»Was ist?« fragte Tim.

»Irgend etwas ist *hier*«, antwortete Lex.

Tim drehte sich um. Hinter ihm, auf dem durchsichtigen Gemälde, war ein Raptor abgebildet – in Jagdpose.

Während die Geschwister hinüberstarrten, kam ein lebender Raptor hinter dem Gemälde hervor. Er drang in die Lobby des Besuchercenters vor.

»Kannst du laufen?« fragte Lex.

»Ich glaube nicht«, antwortete Tim.

Lex hatte keine Zeit, sich über sich selbst zu wundern – darüber, wie sie ihre Angst überwand. Vielleicht lag es daran, daß sie jetzt für Timmy verantwortlich war, daß sie sein Leben retten mußte. Das war ihre Pflicht. Hilflos wie er war, mußte sie ihn beschützen.

Rasch hakte sie ihn unter, half ihm auf die Beine und rannte mit ihm in die Küche.

So leise wie möglich zog Lex die metallglänzende Tür hinter sich zu. Die Tür rastete mit einem metallischen Schnappen ein. Aber es gab kein Schloß.

Lex lief zu einer Tafel mit Lichtschaltern. Sie betätigte sie alle, und der Raum wurde in Halbdunkel getaucht. Lex half Tim einen Gang hinunter, und am Ende versteckten sie sich, indem sie hinter einen Arbeitstresen krochen. Keuchend verharrten sie dort.

Vor Angst gelähmt, horchten sie auf die Geräusche.

Der Kopf eines Raptors erschien in der runden Glasscheibe der Tür zum Restaurant. Der Raptor spähte in die Küche. Sein Atem ließ die Scheibe beschlagen.

Als die Scheibe wieder klar wurde, sah der Raptor Tims Bein.

Der Junge hatte es nicht weit genug hinter den Tresen gezogen.

Der Raptor senkte den Kopf und schnüffelte unten an der Tür. Dann hob er den Kopf wieder und stieß damit gegen das Türholz. Dumpf hallten die Stöße durch die Küche.

Die Angst der Kinder wuchs ins Grenzenlose.

Aber die Tür öffnete sich nicht.

Noch nicht.

Alan ging den Weg zum eingezäunten Wohnbereich entlang. Er spähte wachsam nach beiden Seiten. Unvermittelt hörte er, wie jemand seinen Namen rief.

Er wandte sich zur Seite und sah Ellie.

Sie stand hinter dem Tor des Zauns, der Hammonds Wohngebäude und den Bunker umgab. Ellie winkte Alan zu und rief etwas, das er aber wegen der Entfernung nicht verstehen konnte.

Er zog die Augenbrauen hoch und lief auf sie zu. Sie rief lauter. Er lief schneller. Endlich war er nahe genug heran, um sie verstehen zu können.

»Lauf!« schrie sie in höchster Alarmstimmung.

Alan spurtete auf das Tor zu. Ellie öffnete es erst, als

er kurz davor war. Und sie knallte es hinter ihm sofort wieder zu:

Sie fielen sich in die Arme. Sie hielten sich fest, und beide spürten, daß es die schönste Umarmung ihres Lebens war.

Doch jäh wurde Ellie bewußt, was sie wegen dieses zauberhaften Moments vergessen hatte. Sie schob sich von Alan zurück. »Wo sind die Kinder?« entfuhr es ihr.

Alan erklärte es ihr.

Und sie verloren keine Zeit mehr.

Im Bunker erläuterte Hammond dem Paläontologen den Inhalt des Waffenschranks. Der Weißhaarige sah zu, wie Alan eine Schrotflinte lud. Kaliber zehn.

Während er mit der Waffe hantierte, sah Alan Ellie an. »Es laufen also nur zwei Raptoren frei herum? Bist du sicher, daß du den dritten eingesperrt hast?«

Ellie nickte. »Wenn er nicht inzwischen gelernt hat, wie man Türen öffnet.«

Den Kopf zur Seite geneigt, betrachtete der Raptor den Knauf der Küchentür. Er sah aus wie die Katze, die überlegt, ob sie mit der Maus noch ein bißchen spielen oder sie besser gleich fressen soll. Der Raptor knurrte und stieß mit der Schnauze gegen den Knauf. Aber das bewirkte überhaupt nichts.

Er streckte die Klaue nach dem Türknauf aus.

In fassungslosem Entsetzen beobachteten Lex und Tim, wie sich der Türknauf drehte. Und sie kamen nicht zur Besinnung. Das Grauen ließ ihnen keine Chance, sich von dem Schock zu erholen.

Die Tür schwang auf.

Der erste Raptor stand im offenen Türrahmen, richtete sich zu voller Größe auf und sah sich in der Küche um. Er knurrte. Machte ein paar Schritte in den Raum hinein.

Ein zweiter Raptor gesellte sich dazu. Es wurde eng, als die beiden Saurier sich den Gang hinunterbewegten. Ihre rauhen Körper scheuerten aneinander. Der erste Raptor schnappte nach seinem Artgenossen, als ob er sagen wollte: *Geh mir vom Leib!*

Die beiden Raptoren trennten sich, jeder nahm einen anderen Gang zwischen den Küchenblöcken.

Tim fühlte sich hundeelend und schwach. Es war eine höllische Anstrengung für ihn, gemeinsam mit seiner Schwester den Gang entlangzukriechen, der sie zwischen den beiden Raptoren in die entgegengesetzte Richtung führte.

Als die Kinder auf gleicher Höhe mit den Bestien waren, schlug der Schwanz eines der Tiere gegen Töpfe und Pfannen auf dem Tresen. Scheppernd und klappernd regnete das Geschirr auf Tim und Lex herab. Sie schafften es, völlig ruhig zu bleiben. Und vorsichtig, ohne einen Laut zu verursachen, krochen sie weiter.

Einer der Raptoren beugte sich herab und inspizierte einen offenen Schrank.

Tim und Lex erreichten das Ende des Gangs und bogen um die Ecke. Doch Tim fiel zurück, und versehentlich stieß er gegen eine herabhängende Schöpfkelle und andere Küchenutensilien.

Beide Raptoren wirbelten herum, als sie das Klirren hörten. Einer sprang auf den Tresen. Wieder flog Geschirr zu Boden. Ein Deckel klapperte lange hin und her, ehe er zur Ruhe kam. Das für sie seltsame metallische Geräusch verwirrte die Saurier, ließ sie eine Weile verharren.

Aber dann gerieten sie in Bewegung – in Timmys Richtung. Schnüffelnd hielten sie direkt auf ihn zu. Der Raptor auf dem Fußboden war eben im Begriff, um die Ecke zu biegen, hinter der Tim erschöpft und ausgepumpt saß.

Doch beide Tiere verharrten jäh. Ein klickendes Geräusch vom anderen Ende des Gangs stoppte sie, ließ sie aufhorchen.

Es war Lex.

Sie klopfte mit einem Löffel auf den Fußboden, und es gelang ihr, die Tiere abzulenken. Der Raptor auf dem Tresen sprang zu Boden und schlich vorsichtig in die Richtung, aus der er das merkwürdige Geräusch gehört hatte. Er beachtete den Jungen nicht mehr.

Lex erblickte einen Stahlschrank hinter sich. Die obere Hälfte der Schiebetür stand offen. Ohne zu zögern und ohne einen Laut zu verursachen, kroch Lex in das stählerne Gelaß.

Tim sah, daß beide Raptoren sich in Lex' Richtung wandten. Dabei hieben sie mit ihren Schwänzen noch mehr Geschirr zu Boden. Tim drehte sich um und erblickte einen begehbaren Gefrierschrank in der Wand am anderen Ende des Raums. Die Tür des Gefrierschranks hatte einen verriegelbaren Griff.

Als Lex versuchte, das Oberteil der Schiebetür herunterzuziehen, bog einer der Raptoren um die Ecke und sah ihr Spiegelbild in der glänzenden Oberfläche einer Schranktür. In Panik versuchte Lex, die Schiebetür herunterzureißen. Sie schaffte es nicht. Die Tür klemmte.

Tim atmete mehrmals tief durch, pumpte die Luft in seine Lungen und mobilisierte das bißchen an Kraftreserven, was er noch hatte. Und er lief auf den Gefrierschrank zu. Er humpelte und schleppte sich vorwärts, fühlte sich bereits wie ein stark angeschlagenes Beutetier.

Der zweite Raptor entdeckte ihn.

Und beide Killersaurier gingen in Angriffsstellung, nahezu gleichzeitig.

Lex versuchte ein letztes Mal, die Tür zu schließen.

Tim war auf der freien Fläche, der Raptor hinter ihm.

Und vor Lex' erstaunten Augen rammte »ihr« Raptor das Spiegelbild in der blanken Schranktür – mit aller Gewalt. Das Tier wankte zurück, sank zu Boden und streckte sich – halb bewußtlos.

Lex kroch aus dem Stahlschrank. Sie schrie entsetzt, als sie sah, wie der andere Saurier sich hinabbeugte, um Tim zu packen. Aber das Tier war eine Spur zu langsam. Tim erreichte den Gefrierschrank mit letzter Kraftanstrengung. Er riß die Tür auf und ließ sich in die eisige Kältekammer fallen. Der Fußboden war kalt und glitschig. Tim schaffte es nicht, sich aufzurichten. Er rollte sich zur Seite, aus der Angriffsrichtung.

Und prompt stürzte der Raptor herein, rutschte aus...

... und schlidderte an ihm vorbei.

Der verzweifelte Überlebenswille half Tim, nun doch halb auf die Beine zu gelangen. Er stürzte zurück in die Küche. Während er sprang, war auch der Raptor wieder hochgekommen. Noch in der Kältekammer versuchte er, Tim zu erwischen. Das Maul der Bestie war weit aufgerissen.

Doch Lex war zur Stelle und knallte die Tür zu.

Der furchterregende Kopf des Raptors klemmte zwischen Tür und Rahmen. Fauchend vor Wut und

Schmerz zog er sich zurück in den Gefrierschrank. Rasch schloß Lex die Tür ganz. Tim rammte den Riegel in den Griff. Die Bestie war gefangen.

Sie schrie und rumorte in ihrem eiskalten Verlies.

Doch jetzt war der andere Raptor auf den Beinen. Er taumelte in die Küche, schwankte heftig und räumte Geschirr ab. Es krachte und schepperte in kurzen Abständen, während Lex schon den Arm um Tim gelegt hatte und mit ihm hinausrannte – ins Restaurant.

Während sie rannten, blickten sie voller Angst zurück.

Deshalb sahen sie die Hindernisse nicht, die plötzlich vor ihnen waren. Sie prallten dagegen, kippten rücklings zu Boden und blickten auf. Aus der Verwunderung in ihren Augen wurde Erleichterung.

Ellie und Alan halfen den beiden Kindern auf die Beine.

Aus der Küche war noch das Poltern des kreislaufgeschwächten Raptors zu hören. Und sein Artgenosse heulte und tobte bei zwanzig Grad minus.

Unterdessen hatten Ellie, Alan und die Kinder die Treppe zum ersten Stock hinter sich gebracht. Alan trug Tim auf den Armen. Sie liefen den Korridor hinunter, der zum Kontrollraum führte.

Sie stürmten hinein. Ellie und Lex liefen sofort auf den Haupt-Computer-Terminal zu. Alan setzte Tim währenddessen auf einen Stuhl, legte die Flinte auf den Arbeitstisch und lief zurück zur Tür, um abzuschließen.

»Können wir Hilfe rufen?« fragte Lex.

»Wenn es uns gelingt, die Programme neu zu laden«, antwortete Ellie und setzte sich ans Keyboard. Sie studierte den Bildschirm. Er zeigte ihr eine verwirrende

Vielzahl von Zeichen und Symbolen. Sie wußte, daß sie nicht damit fertig werden würde.

»He!« rief Alan von der Tür her. »Das Schloß läßt sich nicht abschließen!«

Im selben Moment krachte es von außen gegen die Tür.

Die Kinder schrien. Alan stemmte sich mit dem Rücken gegen das Türblatt.

»Alan, um Himmels willen!« Ellie sprang auf und rannte zu ihm.

Draußen fauchte und knurrte einer der Raptoren und rannte immer wieder gegen die Tür an. Gemeinsam versuchten Ellie und Alan nun, dem Ansturm standzuhalten. Aber die wütenden Stöße der Bestie wurden immer heftiger.

»Die Türschlösser!« rief Alan. »Du mußt das Programm für die Türschlösser laden!«

»Du kannst die Tür doch nicht alleine halten!« schrie Ellie verzweifelt.

Lex hörte es, und rasch glitt sie auf den Drehstuhl vor dem Computer. Einen Moment lang blickte sie auf den Schirm. Dann flogen ihre Finger über das Tastenfeld. Staunend beobachteten Ellie und Alan, wie der Computer auf die Kommandos des Mädchens reagierte.

»Yeah, gib's ihm, Lexie!« feuerte Tim seine Schwester an.

Sie erreichte ein anderes Menü und entdeckte ein Feld mit dem Text *Door Integrity**. Sie berührte das Feld, und der Computer gab ein Schnarren von sich.

Und das Türschloß summte.

* Tür-Sicherheit

Alan und Ellie stemmten sich mit aller Macht gegen den tobenden Raptor.

Es gelang ihnen, das Schloß zuschnappen zu lassen.

Die Bestie war ausgesperrt.

Alle Monitore im Kontrollraum funktionierten wieder. Daten rollten mit unglaublicher Geschwindigkeit über die Bildschirme. Alle Systeme des Jurassic Park begannen wieder zu arbeiten.

Ellie war gemeinsam mit Lex am Keyboard des Haupt-Computers.

Alan hatte einen der Telefonhörer abgenommen und rief den Bunker an. Er konnte Hammond direkt vor sich sehen, wie er mit ungläubig aufgerissenen Augen auf das schrillende Telefon zustürzte.

Hammonds Stimme klang entsprechend atemlos, als er sich meldete. »Grant? Sind Sie es?«

»Die Telefone funktionieren wieder«, sagte Alan nur. »Rufen Sie das Festland an. Lassen Sie den Hubschrauber rüberkom ...« Mitten im Wort brach er ab. Ließ den Hörer fallen.

Langsam, so unauffällig wie möglich, bewegte er sich zur Seite, um die Schrotflinte zu erreichen. Tim saß mit weit aufgerissenen Augen da, unfähig, sich zu bewegen. Auch Ellie und Lex sahen das Grauenvolle.

Draußen, vor der Fensterfront, stand der Raptor.

Er schien zu grinsen.

Und er sammelte Kraft für den ersten Ansturm.

Alan packte die Schrotflinte. »Seht ihr die Leiter?« flüsterte er.

»Ja!« hauchte Ellie zurück.

Die Trittleiter stand unter einem Loch in der Decke.

Das dort vorgesehene Paneel war noch nicht eingesetzt. Über der Decke befand sich ein Kriechboden.

»Klettert hoch!« rief Alan und riß die Flinte in Anschlag.

Ellie und Lex rannten los.

Der Raptor stürmte gegen das Fenster an.

Alan feuerte den ersten Schuß ab. Wie Donner hallte es durch den Raum. Glas zersprang klirrend. Der Raptor röhrte vor Wut und wich zurück. Der Scherbenregen ergoß sich über ihn, doch die Schrotkugeln konnten ihm nicht viel anhaben, hatten durch das Glas den größten Teil ihrer Energie verloren.

Ellie und Lex hasteten die Leiter hinauf.

Alan feuerte noch zweimal. Immerhin gelang es ihm, den Raptor zu irritieren und zurückzuscheuchen. Draußen, auf dem Korridor, schüttelte sich die Bestie verdutzt, rieb sich die Nase mit den Pranken.

Alan ließ die Flinte fallen, packte Tim und bugsierte ihn die Leiter hinauf. Ellie und Lex, die schon oben waren, nahmen ihm den Jungen ab. Alan drehte sich noch einmal um. Im selben Moment zerplatzte die große Fensterscheibe mit einem Krachen.

Der Raptor stürmte in den Kontrollraum.

Mit beiden Klauen landete er auf einer Arbeitsplatte. Bilder aus Projektoren fielen auf seinen Kopf.

Alan zog sich durch das Loch in der Decke.

Neugierig hob der Raptor den Kopf und beobachtete, wie sich die Felder der Deckenplatten über ihm bewegten.

In dem Kriechboden bewegten sich Alan, Ellie und die Kinder zügig und doch behutsam über die Deckenplatten. Das Holz war dünn. Wenn man zu fest auftrat, konnte man hindurchbrechen.

Plötzlich krachte es.

Der Kopf des Raptors durchbrach eine Deckenplatte hinter ihnen. Er fauchte sie an, schnappte nach ihnen.

Sie hasteten weiter.

Der Raptor ließ sich wieder fallen.

Doch schon nach Sekunden krachte es erneut.

Sie schrien.

Haarscharf vor Ellie platzte der Kopf der Bestie aus einer Deckenplatte hervor. Ellie zuckte zurück. Nur Zentimeter entfernt knallten die Reißzähne der Bestie aufeinander.

Aber der Raptor konnte sich in der Höhe nicht halten. Er fiel zurück und landete auf dem Fußboden des Kontrollraums.

Alan sah sich um, der Verzweiflung nahe.

Da entdeckte er die Öffnung eines Lüftungsrohrs, nur wenige Meter entfernt.

»In das Rohr!« rief Alan.

Sie hasteten darauf zu.

Doch von unten sprang der Raptor erneut die Decke an.

Eine Deckenplatte zerbrach unter dem Anprall, und Lex wurde hochgestoßen. Auf dem Kopf des Raptors wurde sie gegen die höherliegende Decke gedrückt.

Alan hieb mit dem Stiefel in die Flanke des Raptorschädels. Die Bestie schnappte nach ihm und riß ihm die Stiefelsohle ab. Im nächsten Moment wurde das Tier von seinem Eigengewicht wieder nach unten gerissen.

Lex fiel ebenfalls. Ihr Schrei gellte.

Alan erwischte sie im letzten Moment. Er krallte seine Hand in ihren Kragen. Pendelnd hing sie über der wütenden, blutgierigen Bestie – die unglaublich schnell wieder auf den Beinen war und zum nächsten Sprung ansetzte. Alan sammelte seine ganze Kraft und riß Lex hoch. Knapp vor den zuschnappenden Reißzähnen brachte er sie in Sicherheit.

Sie erreichten das Lüftungsrohr, krochen hindurch und befanden sich nach wenigen Metern vor einem Schutzgitter. Dahinter war es taghell.

Durch das Gitter konnten sie die Lobby des Besucherzentrums unter sich sehen. Sie waren genau über den Skeletten des angreifenden Tyrannosaurus und des Brontosaurus, der das Opfer war. Die unvollendeten Skelette waren von Gerüsten umgeben. Alan griff durch das Gitter und fand die Haken, die er öffnen mußte. Er nahm das Gitter heraus und schob es hinter sich.

»Wir steigen da hinunter!« entschied er.

Geradezu mühelos konnten sie sich auf die Plattform eines der Gerüste hinunterlassen. Doch es war zu hoch, um auf den Boden der Eingangshalle zu springen. Ohne zu zögern stieg Alan deshalb vorsichtig auf das Skelett neben der Plattform. Es war der riesige Brachiosaurier.

»Es geht!« rief Alan. »Kommt schon!«

Ellie half den Kindern an das Skelett heran. Alan hob sie herüber, und dann folgte auch Ellie. Oben in der Decke knirschten die Ankerbolzen im Putz, begannen sich zu lösen. Aber fürs erste hielten sie noch. Alan und die anderen kletterten abwärts, so schnell sie konnten.

»Wir schaffen es«, sagte Ellie, wie, um sich selbst zu beschwören. »Wir werden es schaffen ...«

Ein Kreischen schnitt ihr das Wort ab.

Es war das Kreischen von Klauen auf Blech.

Der Raptor segelte aus der Öffnung des Lüftungsrohrs.

Und krachte auf die Gerüstplattform.

Das Gerüst schwankte unter dem Aufprall. Mehrere Farbeimer kippten von der Plattform und zerplatzten auf dem Boden. Farbe spritzte nach allen Seiten.

»Runter!« schrie Alan. »Runter!«

Sie kletterten immer schneller, von panischer Angst getrieben.

Der Raptor knurrte.

Und sprang.

Er landete auf dem Hals des Brachiosauriers, nur ein paar Meter höher. Der Raptor blickte nach unten, riß das Maul furchterregend auf und bereitete sich auf den nächsten, alles entscheidenden Sprung vor.

In diesem Augenblick lösten sich die Ankerbolzen. Wie Geschosse sausten sie nach unten. Das gesamte Skelett brach wie ein Kartenhaus in sich zusammen. In einer Kaskade von wirbelnden und splitternden Knochen landeten sie auf dem Boden: Ellie, Alan, die Kinder – und der Raptor.

Die Bestie war ein paar Meter entfernt aufgeschlagen, kam nur mühsam und schwankend auf die Beine.

Alan und Ellie hatten die Kinder hochgerissen.

Sie wollten zum Hauptausgang rennen.

Doch sie erstarrten, noch bevor sie einen Schritt gehen konnten.

Der andere Raptor stand in der Tür, versperrte ihnen den Weg. Er fauchte und duckte sich, bereit zum Angriffssprung.

Auch der Raptor hinter ihnen erholte sich und ging gleichfalls in Angriffsstellung.

Aus, dachte Alan, *aus und vorbei.*

In diesem Moment hallte ein ungeheures Knirschen durch die Lobby. Ein Schatten fiel herab. Und dann senkte sich ein gewaltiger Kopf. Eine Klaue von fast zwei Metern Durchmesser schoß herab und krallte sich um den Raptor. Gleich darauf gruben sich sieben Zentimeter lange Reißzähne in den Körper des Killersauriers und hoben ihn hoch – immer höher.

Alan, Ellie und die Kinder standen wie erstarrt. Fassungslos beobachteten sie, wie der Raptor höher und höher gehoben wurde ...

... ins Maul des Tyrannosaurus rex!

Der gigantische Saurier stand im Eingang der Lobby. Er hatte ein Loch in die Wand gerissen. Er schüttelte den gewaltigen Kopf nur kurz und brach so das Genick des Velociraptors. Achtlos ließ er ihn zu Boden fallen, zu seinen Füßen.

Durch die offene Vordertür des Besuchercenters erblickte Alan einen Jeep, der mit Bremsenkreischen zum Stehen gebracht wurde. Hammond und Malcolm saßen in dem Wagen.

Der zweite Raptor wandte sich von den Menschen ab. Sein Sprung erreichte vier Meter Höhe, als er den T-Rex angriff und mit Klauen und Zähnen das Fleisch des riesigen Sauriers herausriß.

Der T-Rex schrie vor Schmerzen, als Alan, Ellie und die Kinder hinausrannten.

Blitzschnell drehte sich der T-Rex zur Seite und stieß zu. Eine angreifende Giftschlange hätte nicht schneller sein können. Er erwischte den Raptor in dessen muskulösem Nacken und stieß ihn zu Boden. Der T-Rex stellte seinen riesigen Fuß auf den Killersaurier und zog.

Er riß den Raptor in zwei Teile.

Vor dem Besuchercenter warfen sie sich in den Jeep, der im selben Moment anfuhr.

Aus dem rasch beschleunigenden Wagen heraus

sahen sie, wie der T-Rex sich wieder ihnen zuwandte. Dabei hieb sein mächtiger Schwanz quer durch die Lobby und zertrümmerte das Skelett des Tyrannosaurus. Das Skelett explodierte förmlich unter dem Hieb, und die Knochen türmten sich rings um den lebenden Tyrannosaurus auf.

In einiger Entfernung brachte Hammond den Jeep zum Stehen, denn es sah nicht danach aus, daß der T-Rex sie jagen würde.

Statt dessen richtete sich das mächtige Tier zu voller Größe auf.

Und brüllte.

Das Brüllen war ohrenbetäubend. Das gesamte Besuchercenter erbebte. Das Schild, das nur noch an einem Draht gehangen hatte, fiel dem T-Rex vor die Füße, mit der Schrift nach oben. Hätte er lesen können, hätte er in dieser Minute erfahren können, daß die Saurier einst die Welt regierten . . .

Grant wandte sich Hammond zu. »Übrigens, Mister Hammond, nach gründlicher Überlegung habe ich mich entschlossen, Jurassic Park *nicht* zu befürworten.«

»Ich auch nicht«, antwortete Hammond, »nach ebenfalls gründlicher Überlegung.« Er gab Gas.

Das Besuchercenter und der T-Rex schmolzen mit zunehmender Entfernung hinter ihnen zusammen.

Der Hubschrauber wartete auf sie. Die Rotorblätter kreisten, als sie einstiegen. Ihre Gesichter waren blaß, und niemand sprach ein Wort. Hammond half Malcolm in die Maschine. Ellie folgte; sie hielt Lex bei der Hand. Und Alan trug Tim herein.

Der Hubschrauber startete sofort.

Alle blickten zu den Fenstern hinaus, auf den Park,

wie er sich unter ihnen ausdehnte. Der Tyrannosaurus war noch damit beschäftigt, die Überreste der Raptoren zu vertilgen, als er die schwirrende Maschine sah. Er richtete sich auf und brüllte.

Dann winkte er dem fliegenden Ding mit seinen kurzen Vorderläufen zu.

Schließlich stand er still und starrte mit seinen großen Augen, die sich gelb färbten.

Es war ein Augenblick größter Verwirrung für ihn.

Hammond schaute auf den Park, und seine Augen füllten sich mit Tränen.

Alan hatte beide Kinder neben sich, hatte den Arm um sie gelegt. Ellie lächelte gerührt. Sie setzte sich zu Alan, und er legte den anderen Arm um sie. Ellie nahm seine Hand und hielt sie fest. Lex hob den Kopf, bemerkte es und nahm Alans andere Hand in ihre beiden schmalen Hände.

Aneinandergeschmiegt und glücklich saßen sie in dem Hubschrauber.

Sie waren Überlebende.

Und sie wußten, was es bedeutete.

Unten über der See flog ein großer Schwarm von Seevögeln. Als der Hubschrauber näher kam, löste sich der Schwarm der Vögel auf. In allen Richtungen flogen sie davon – kraftvoll und in majestätischer Eleganz.

Grant lächelte und stieß Tim an, der es auch beobachtet hatte.

Tim lächelte zurück.

Unter ihnen vereinten sich die Vögel erneut zum Schwarm.

Und sie flogen direkt in die Sonne.

ENDE

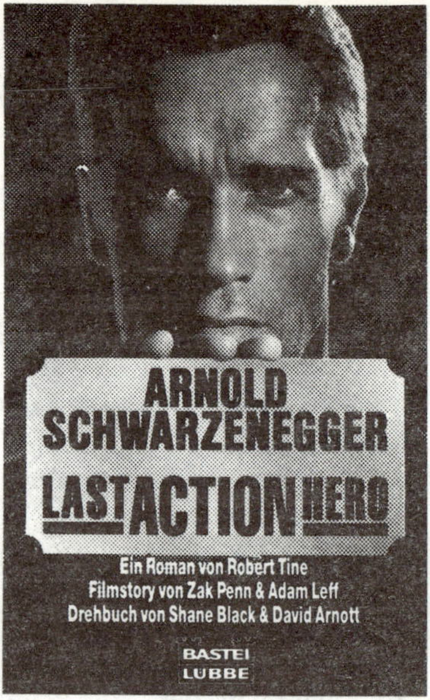

Band 13 535
Robert Tine
Last Action Hero
Deutsche Erstveröffentlichung

Jack Slater ist ein Actionheld, unverwundbar und todesmutig, wie es ihn nur im Kino gibt. Er hat viele Fans, aber keiner verehrt ihn so unbeirrbar wie Danny Madigan, der elfjährige blonde Junge mit den strahlenden Augen. Den neuen Slater-Film sieht er sich in einem heruntergekommenen Kino wieder und wieder an – bis er mittels einer magischen Kinokarte unversehens in das atemberaubende Leinwandgeschehen hineinkatapultiert wird. An der Seite seines Idols erlebt der Junge phantastische Abenteuer. Allerdings sieht Danny sich bald vor scheinbar unlösbare Probleme gestellt: Wie kann er Jack Slater beibringen, daß es da einen kleinen Unterschied gibt zwischen Film und Leben, Kino und Wirklichkeit. Und vor allem: Wie soll er jemals wieder herausfinden aus dieser lebensgefährlichen Filmstory?

BASTEI
LÜBBE

Sie erhalten diesen Band im Buchhandel, bei Ihrem Zeitschriftenhändler sowie im Bahnhofsbuchhandel.